哥布林殺手

GOBLIN SLAYER!

He does not let anyone roll the dice.

哥布林殺手

GOBLIN SLAYER!

He does not let anyone roll the dice.

15
哥布林殺手
GOBLIN SLAYER!
He does not let anyone roll the dice.

© Noboru Kannatuki
她就像一陣疾風，
於整片翠綠的曠野透出的
藍色閃光，藍色的風。
Blue Gale

「儘管快馬加鞭，蜥蜴兄！」

Contents

GOBLIN SLAYER!
He does not let anyone roll the dice.

King
On Her's Majesty Secret Service
© Noboru Kannatuki

Sister

15
蝸牛くも
Kumo Kagyu
插畫／神奈月昇
哥布林殺手
GOBLIN SLAYER!
not let anyone roll the dice.

哥布林殺手

人物介紹

CHARACTER PROFILE

——保護、治癒、拯救。『地母神的三聖言』

女神官
Priestess

與哥布林殺手組隊的少女。因心地善良，常被哥布林殺手魯莽的行動耍得團團轉。

——換言之，我等於是對他們而言的哥布林。

哥布林殺手
Goblin Slayer

在邊境小鎮活動的怪人冒險者。單靠討伐哥布林就升上銀等（位列第三階）的罕見存在。

——沒有筆也沒有紙，又怎麼有辦法冒險？

櫃檯小姐
Guild Girl

在冒險者公會工作的女性。總是被率先擊退哥布林的哥布林殺手所助。

——無論何時，對她而言最重要的，都是天氣、家畜、農作物，還有他。

牧牛妹
Cow Girl

在哥布林殺手所寄宿的牧場工作的少女。也是哥布林殺手的青梅竹馬。

——無知的人才有福。因為知道就是極致的喜悅。『妖精格言』

妖精弓手
High Elf Archer

與哥布林殺手一起冒險的妖精少女。擔任獵兵（Ranger）職務的神射手。

「鍛鍊自己，揮刀屠戮。會出血的就不是敵手。」——鋼的祕密之一端

重戰士
Heavy Warrior

隸屬於邊境之鎮冒險者公會的銀等級冒險者。和女騎士等人一同組成邊境最棒的團隊。

——龍是不會逃避的。

蜥蜴僧侶
Lizard Priest

與哥布林殺手一起冒險的蜥蜴人僧侶。

——無論寶石還是金屬，琢磨前都是石塊。這世上沒有一個礦人，會用外表來判斷事物。

礦人道士
Dwarf Shaman

與哥布林殺手一起冒險的礦人術師。

「愛並非對望，而是並肩望向同一個去處。」——某位詩人

劍之聖女
Sword Maiden

水之都的至高神神殿大主教，同時也是過去和魔神王一戰的金等級冒險者。

我不想讓值得尊敬的敵手，變成明天的朋友。至少今天還不行。

長槍手
Lancer

隸屬邊境小鎮冒險者公會的銀等級冒險者。

——神祕與愛，愈透過舌尖編織就愈鬆散，更不用說是女性之美了。

魔女
Sorceress

隸屬邊境小鎮冒險者公會的銀等級冒險者。

現在開戰太遲了
敵人已然遠去
然而若要你屈膝跪地
你肯定無法生存

奔馳吧　奔馳吧　銀星
最好的　最壞的
都將被你拋在身後

馬兒啊　馬兒啊　優秀的馬兒們啊
戰女神的祝福　只為你而存在

奔馳吧　奔馳吧　銀星
最好的　最壞的
都將被你拋在身後

第1章「救出公主」

第一次看見的城門，遠比想像中巨大。
少女抬頭瞪著高大的城門，做好覺悟踏出步伐。
她喀喀喀地踩著堅硬的鋪路石，凝視前方走在路上。
或許是威猛的腳步聲，抑或是嬌小身軀背著的大刀及大弓所致。
行人紛紛好奇地望向她，少女則用彷彿要將其射殺的眼神瞪過去。
目光堪比利刃。
眾人不知所措地別過頭，少女趕往前方，把他們拋在身後。
畢竟此地與敵陣無異。不容大意。
稍有鬆懈，敵人想必立刻就會跟狼群一樣，把她啃得連骨頭都不剩。
至少那名少女深信不疑。
然而——不過，可是，眼前的景色真是令人眼花撩亂。
道路用石頭鋪成。房子用石頭蓋成。頭上的天空十分狹窄，位於高聳建築物的

Goblin Slayer
He does not let anyone roll the dice.

屋頂上，遠不可及。

看不見地平線導致她心神不寧。人潮擁擠，感覺不到空氣的流動。刺進耳中的聲音種類繁多，喧囂嘈雜，連一秒鐘的空白都沒有。待在這種地方，腦袋會出問題的。

少女搖搖頭，一副連下意識停下腳步的時間都嫌浪費的態度，加快腳步。目的地在——沒問題，她知道。應該是知道的。

本以為馬上就能找到，在這座石頭城鎮卻沒辦法這麼有自信。不過，不能把膽怯的一面表現出來。她緊抿雙唇。

她即將前往的地方如同迷宮。萬萬不可如此軟弱。不能讓別人覺得自己好欺負。

幸好她所花的時間不如想像中來得久，傍晚就順利抵達目的地。這也是多虧每條街道都掛著寫有路名的牌子。

是陷阱嗎？或是連這座城鎮的居民都記不得。

即使是陷阱，她也只有踩進去摧毀它這條路可以走。

少女於目的地——掛著斧頭招牌的酒館前駐足，從懷裡拿出一張紙。

滿布摺痕，邊角磨損的那張紙，是一封反覆打開又摺起的信。

她仔細閱讀上面的文字，視線在招牌及信上之間來回，確認了好幾遍。

沒有錯，就是這裡。

看不出能當門用的雙開式小門，在少女胸口附近的高度搖晃。

聲音、亮光、人聲、陌生的香料及不明氣味，從門後透出。

撲面而來，試圖壓制少女的五感，抹消踏進其中的勇氣。

然而，她可不能輸給這種東西。這樣會正中敵人的下懷。

她握緊拳頭，用力蹬地，投身於漩渦中。

視線再度刺在發出巨大開門聲的客人身上。

少女以宛如精心打磨過的刀刃的視線，將好奇的眼神一刀兩斷。

她同時掃了店內一眼——唯有這一瞬間，少女緊繃的臉上綻放笑容。

——她還是一樣美麗。

光澤亮麗的秀髮隨便紮成一束馬尾，活潑的氣質絲毫不損其美貌。

跟那強壯又有女人味的豐滿身軀一比，自己的體型是多麼瘦弱啊。

她模仿她綁起頭髮，卻完全比不上人家。

要說什麼？要如何跟她搭話？大腦在空轉，不能著急。

少女忍住想衝過去呼喚她的衝動，慎重地前進。

木頭地板被她踩得吱嘎作響，在這段期間，她好不容易繃緊神情。

幸好對方似乎還沒發現她。

可是，她的安心感只持續了一瞬間。

那人身上穿著的，竟是雜工穿的衣服。

她的怒火同樣只壓抑住了一瞬間。

坐在桌前的醉漢，竟敢親暱地將手伸向那個人。

看見她排斥地將手撥開的瞬間，少女忘記了忍耐。

她像要在木頭地板上留下足跡似地飛奔而出，握住背上的大刀。

男子望向她，比她拔劍的速度快了那麼幾秒。無妨。管他的。

「離姊姊遠一點……!!」

少女揮下的大刀從男子的鼻尖前面擦過桌子。

明明想砍斷男子的手臂，男子的身體卻已經不在原處。

自己怎麼如此稚嫩！少女因憤怒及羞恥眼泛淚光。儘管如此，她仍然放聲怒吼。

「卑鄙小人，你把公主殿下藏哪去了……!!」

「啥？」

「喔？」

重戰士及馬人女侍眨眨眼，面面相覷，同時歪過頭。

© Noboru Kannatuki

「……我不擅長都市冒險（City Adventure）。」

§

「是嗎？」

這句話相當直接。

哥布林殺手骯髒的鐵盔上下晃動。

在一陣騷動的冒險者公會中，只有他的反應一如往常。

冒險者公會的等候室，裝備各異的冒險者們聚集在長椅上。

所有人都注視著霸氣盡失、神情尷尬的重戰士。

除了他的同伴，看過他這副模樣的人並不多。

頂多只有在第一次冒險時大劍不小心卡在岩壁中的時候，或者因為急著升級，因過勞而倒下的時候。

至少這次的原因，顯然是橫眉豎目地站在他身後的女騎士。

或者是——稍遠處的那兩位馬人少女。

嬌小的馬人少女瞪著周圍威嚇他人，彷彿在保護困惑不已的姊姊。

黑髮綁成馬尾，背著大刀及大弓，雙手及四足裝備護甲，人類的身體穿著輕薄的皮鎧。

「裝備跟森人(Elf)有點像呢。」

「應該是草原之民的武具。」

女神官驚嘆道，蜥蜴人(Lizardman)在旁邊搖晃長脖子。

不久前的她八成會驚慌失措，現在卻沒有一絲動搖。

重戰士哀怨地望向哥布林殺手。這傢伙竟然把天真無邪的女孩荼毒成這樣。

「我不明白情況。」

「我也一頭霧水。」

重戰士嘆了口氣，垂下頭表示自己束手無策。

既然他一頭霧水，哥布林殺手當然也搞不清楚狀況。

骯髒的冒險者，以及裝備被拿走的冒險者。

看不出是銀等級的兩人默默互瞪。

這個行為實在太沒意義，女騎士終於忍不住輕輕撞了下重戰士的後腦杓。

「不就是你害的嗎？」

「……我哪裡有錯？」

「錯在對那女孩的姊姊和公主出手。」

「並沒有。」重戰士哀號道。「姊姊和那個公主都沒有。」

你說什麼？女騎士瞪著他，重戰士又嘆了口不知道是第幾次的氣。

在酒館動武雖然不稀奇，把事情鬧大可不好。

他付了點錢跟店長賠罪，將馬人女侍的妹妹交給她安撫，當下就離開了。

事件平息的隔天早上——莫名其妙發展成現在這個情況。

女騎士衝進他房間揪著他的後頸，把他拖到公會……

「……是要我怎麼找公主？」

重戰士能拜託的人，只有這位寒酸的戰士，他別無選擇。

上森人（High Elf）少女發自內心愉快地笑著，礦人（Dwarf）道士在拿這個話題配酒喝。

團隊（Party）的會計及孩子們，早就一副不想被捲入夫妻吵架的樣子逃走了。

至於長槍手——

——他絕對會大肆嘲笑一番。

打從一開始就不在選項之中。幸好那兩個人因為冒險的關係，不在這座城鎮。

「要找公主嗎？」

「她說她是來找公主的。」

「唔。」

「我磨完劍，想說明天開始要外出冒險，去酒館喝杯酒，就只麼簡單。」

「是嗎？」

哥布林殺手咕噥道，重戰士點頭，又說了一次。

「……我不擅長都市冒險（City Adventure）。」

「是嗎？」

鐵盔再度上下搖晃，兩個大男人陷入沉默。

營造出一股假如置之不理，這陣沉默會永遠持續下去的氛圍。

女騎士勃然大怒。

「嘖，講不下去……！」

馬人女侍似乎判斷現在正是出面的時機——並不是因為女騎士在叫人說明情況。

她拉著妹妹的手——更正確地說是妹妹不肯放開她——走過來，馬蹄踩得叩叩作響。

「哎呀，真的對不起，我妹給各位添麻煩了。」

「姊姊不必道歉！」

馬人少女強行插嘴大喊，看起來隨時要拔刀出鞘。

「是這男人不好！」

「看，她說是你不好。」

被女騎士一瞪，重戰士仰天長嘆。他這輩子第一次如此渴望至高神的制裁。

但那位神明會將正義為何物這個問題交給人們判斷。這也是一種考驗吧。

「那個……」

代替至高神出手相助的，是地母神。

「總之，可以請妳把事情經過從頭到尾仔細說明一次嗎？」

女神官提心吊膽，面帶愧疚，卻毫無顧忌地對馬人少女說道。

看來數不清的冒險及經驗，讓她順利成為一名成熟的冒險者。

「在這裡釀成騷動，會給其他人添麻煩……」

不過，這並不是對重戰士伸出的慈悲為懷的救贖之手。

女神官對冒險者公會的櫃檯使了個眼色。

轉頭一看，櫃檯小姐拿著鑰匙站在帳房，臉上是從未見過的笑容。

「是的，方便請各位移駕嗎？」

客氣的措辭，有時會給人不容拒絕的壓力。

重戰士還沒伸手，女騎士就率先採取行動。

「嗯，抱歉，幫大忙了。」

「不會，有什麼需要隨時可以跟我說。」

櫃檯小姐恭敬地將會客室的鑰匙交給女騎士。

「走吧，到二樓去。你這無禮之徒。」

得意洋洋的女騎士散發不容拒絕的壓力，抓住重戰士的手臂。

至高神並未降下天罰，代表這是祂允許的行為……

——看來我孤立無援。

重戰士面色凝重地點頭，宛如要被帶到處刑場的囚犯。

§

「所以是怎樣？」

「是怎樣？」

「別問我。」

妖精弓手(Elf)兩眼發光，女騎士的眼神殺氣騰騰。重戰士放棄掙扎，靠在長椅上。

冒險者公會二樓的會客室絕對不小。

然而，要擠進兩位馬人、一位蜥蜴人(Lizardman)，自然會給人壓迫感。

即使是聚集了眾多種族的冒險者公會，也沒有考慮到凡人(Hume)蓋的會客室會有馬人踏進。

不如說，安排空間若有為馬人著想，反而會變成凡人待不住吧。

「哎呀，哈哈……怎麼說呢，真的對不起喔？」

「無須在意，放寬心。女侍小姐也只是遭受牽連罷了。」

馬人女侍屈膝坐下，看起來不太自在，蜥蜴僧侶拿出紳士的態度爽快地點頭。

連他都被不肯離開姊姊的馬人少女瞪著。

本以為與姊姊共度一晚，誤會應該解開了，看來並非如此。

看得出她已經做好就算得以少敵多，仍然不惜一戰的覺悟。

對她而言，這個地方想必是敵陣的正中央。

「昨晚她也只會跟我說公主失蹤了，她過來找人……」

馬人女侍也無計可施的樣子，不知所措。

在旁邊聽的礦人道士喝了一杯酒才開口問道：

「唔，公主殿下是妳們那的人？」

「嗯，對。她是個——」

馬人女侍比手畫腳，手指從瀏海、額頭移動到鼻子，畫出一大條線。

「瀏海有撮白髮，像銀星一樣的孩子。既漂亮又帥氣。」

「然後，那位公主殿下失蹤了？」

「她挺調皮的，雖然我也沒資格說人家。」

馬人女侍笑著說道，不過即使有她開朗的笑聲，依然無法緩和氣氛。

「好了，快給我從實招來。」

女騎士逼近重戰士，但這件事八成與重戰士無關。

至少其他冒險者是這樣想的——哥布林殺手的想法則不得而知——他們互相點頭。

在場唯有一人知情。

妖精弓手用閃爍著星光的雙眼望向馬人少女。

「那就只能——」

「……！」

「問妳囉……」

被狠狠一瞪，妖精弓手苦笑著甩甩手，表示自己拿她沒辦法。

連對待上森人都是這個態度，可以說挺有骨氣的。

可是，這樣下去事情一點進展都沒有。沒完沒了。

那麼，該如何是好？在眾人思考之時——

「那個……」

女神官以自然的動作跪在馬人少女面前。

一和她對上目光，屈膝坐在毛毯上的少女就嚇得「唔」了聲。

「妳擔心公主殿下，一個人卻不知道該怎麼辦對不對？」

「……」

「……可以理解。」

女神官將她的沉默視為肯定，輕輕點頭，接著露出微笑。

若非如此，何必特地來到陌生的城市找姊姊。

她沒有叫她不用擔心。

取而代之的是輕聲呼喚她，溫柔地將手掌放在馬人少女緊緊握拳的手上。

「方便跟我們談談嗎？說不定可以幫上忙。」

「…………」

少女一語不發，瞪著近在眼前的藍眸，最後勉為其難地開口。

「……你們能做些什麼？」

「這個嘛……」

女神官用纖細的手指抵著嘴唇，有點俏皮地做出思考的動作。

「至少可以聽妳說，一起陪妳想要怎麼辦。」

「…………」

馬人少女依然沒有說話。

她看了耐心等待她回答的女神官一眼，然後再看看陪在旁邊的姊姊。

馬人女侍像要催促她開口般，撫摸少女的臉頰，輕輕摩擦她的脖子。

在少女頭上焦慮地搖晃的耳朵，不久後垂了下來。

「……知道了，我說。」

不曉得是死心還是覺悟。少女雙拳緊握，嘴脣抿成一線。

她沉思了幾秒鐘，結結巴巴地開口。

「…………公主殿下她，說要去當冒險者，離開部落，下落不明。」

「不稀奇。」

還靠在重戰士旁邊的女騎士輕輕哼了聲。

她抓著重戰士的後頸，感慨良多地說。

只有女神官疑似察覺到個中原因，她瞇起眼睛——

「我不清楚妳那邊的狀況，但我們這邊很少發生這種事。」

馬人少女果斷地搖頭。

頭上的長耳、綁起來的頭髮、背上的大刀及大弓，同時微微晃動。

「而且，公主殿下並非獨自離開，是受到一名冒險者的邀請。」

「就是這傢伙？」

女騎士將重戰士拎起來，他發出青蛙被踩扁時的聲音。

馬人少女仔細觀察他，極為肯定地斷言：

「是個背著大劍的冒險者。」

「你看，我就說吧！」

「看什麼看。夠了，放開我。」

重戰士強行抓住女騎士的手臂，稍微一扭。

那是基礎的體術，這麼一做手指便會自然張開。

他無視「唔」了一聲的女騎士，摸著喉頭不耐煩地說：

「打扮成這樣的冒險者，要多少有多少吧？」

少因為這樣冤枉我——重戰士撐著臉頰埋怨道。

「背著形似鐵塊的大刀的人，在哪都看得到。」

「那可是從敘事詩中的黑衣劍士傳承下來的傳統。」

看到銀等級冒險者難得一見的消沉模樣，礦人道士笑著插嘴。

現在似乎流行把黑衣劍士塑造成身材纖細的二刀流美男子，時代變得真快。

然而，他也一樣是意圖沿著那名黑衣劍士的足跡前行之人，這個事實不會改變。

多少冒險者為那則傳說興奮不已，渴望知曉結局，選擇追隨他的背影啊。

事到如今，旁人已不得而知。

深深體會到絕對無法觸及那個目標的重戰士，仍舊默默注視前方。

因為再怎麼笨拙，再怎麼不成熟，只要他還是冒險者，就只有這條路可走。

「戴一頂鐵盔不就好了。像歐爾克博格那樣。」

不曉得是有意還是無意，妖精弓手接在礦人道士後面插嘴。

馬人少女散發的悲壯感，差點讓會客室籠罩在一片愁雲慘霧之中。

她那異常開朗的個性，彷彿為這間房間帶來一陣清風。

不知道是身分高貴之人的行事風格，抑或上森人與生俱來之物。

無論如何，她以再優雅不過的動作豎起食指，在空中畫了個圈。

「這樣就不會認錯人了吧。」

「我也被人說過，是靠鐵盔記住的。」

哥布林殺手以拙劣的言詞補充，重戰士回答：「這樣啊。」

這男人說的話挺深奧的，現在卻派不上用場。

該依賴的反而是看起來很傷腦筋，表情五味雜陳的神官少女。

換成數年前，她應該會手腳大亂，如今真是成長得相當可靠。

——大概只有本人沒意識到吧。

想到自己隊上的孩子們，也許稍微嚴格一點會比較好。

總之，重戰士用視線拜託她繼續問下去，她點頭回應：「好的。」

「只是離家去當冒險者的話，其實也……不是多嚴重的事。」

當然，若要帶回跑出去的公主就另當別論。

可是假如自己是為此派出人手的那一方，不會只交給這位少女。

——僱用冒險者嗎？

想到之前的王妹事件，身為受到委託的那一方，她有點不好意思。

而女神官沒有思慮不周到在這種場合表現出那樣的心情。

在她的催促下，馬人少女板著臉，語氣凝重地說：

「她從此就沒了消息。」

「這……」

是不是失敗了？

女神官絕對不會把這種話說出口。

正因為冒著危險才叫冒險者。沒有冒險不伴隨死亡的風險。

若是絕對安全，能輕鬆致富的工作，誰還會去委託冒險者。

屠龍、打掃下水道、剿滅小鬼，都一樣有危險。

雖然風險有分大小——小鬼就是威脅性最低的怪物。

「公主殿下精通武藝，不可能輕易落敗……！」

馬人少女似乎看穿了女神官的想法，反射性大叫。

「再說，問題不在於她有沒有去冒險。公主殿下說過到了鎮上會寫信通知，結果連一封信都沒收到！」

「……這麼說來，確實有點不對勁。」

曠野自不用說，整個四方世界充滿冒險、威脅、宿命及偶然。

用不著搬出在路上遇到龍的故事，運氣不好遭遇怪物這種事，不是不可能發生。

然而，立志成為冒險者，與冒險者團隊(Party)一同前往城市的少女。

沒有向人求救，消失得不留一絲痕跡。

——看來會是場大冒險。

犯人是怪物也好，人類也罷，肯定與剿滅小鬼無法相比。

女神官如此心想，不得不希望至少只是單純的離家出走。

若真是這樣，只能祈禱她和家人順利和好。

不是說一定要無時無刻維持良好的關係，但就算要離開，也有更好的方法。

「話說回來，在馬人的文化中，長女可以離開家裡嗎？」

女騎士逼近重戰士，質問他「果然是你把人家拐走的吧」。

拿兩人的互動當下酒菜的礦人道士，忽然想到這個問題。

「不管是妳還是那位公主。」

「規定是要由最小的孩子繼承家業。」

「公主殿下也是因為妹妹出生了，才能無後顧之憂地離家。」

馬人女侍回答得輕描淡寫，妹妹的語氣也很乾脆。

「唷。」

馬人女侍對驚呼出聲的礦人道士說明：

「因為以血統來說，混種的孩子比較強嘛。雖然不是全都由這個決定，至少我們（部落）是這麼認為。」

「各地的風俗民情不盡相同吶。」

蜥蜴僧侶悠哉地說，妖精弓手苦笑道：

「你有資格說嗎？搶新娘這種事也滿那個的吧？」

「何出此言。」蜥蜴僧侶愉悅地轉動眼珠子，露出利牙。「貧僧聽說馬人也是如此。」

「……真的嗎？」

「正是！」馬人少女信心十足，驕傲地挺起緊致的胸膛。

「找到優秀的伴侶增強血脈，才能為一族帶來繁榮及勝利。」

「……也就是說，最小的這孩子就是我家的繼承人。」

妳這個小笨蛋在做什麼呀——被姊姊輕輕一戳，少女按著額頭，氣勢洶洶地說：

「可是！姊姊，我已經是出色的戰士（Baghatur）。」

馬玲姬（Baghatur）如此主張，但這無法改變她身為么女的事實。

「小笨蛋。」

「好痛！」

姊姊又輕戳了一次她的額頭，馬玲姬這次叫出聲來。

女騎士與重戰士也在互相爭論，蜥蜴僧侶和妖精弓手亦然。

用不著多說，礦人道士沒有停下酒杯的意思。

剛才沉悶的空氣煙消雲散，會客室瞬間熱鬧起來。

始終沉默不語的哥布林殺手看著這一幕，喃喃說道：

「……很熟練。」

「是的。」同樣在注視眾人的女神官，略顯驕傲地點了下頭。

「剛來我們這邊的小孩子都是那樣，緊張兮兮的。而且……」

——海灣之民（Viking）更可怕。

女神官半開玩笑地補上一句。這是事實，卻不盡然。

——大概。

公主莫名其妙失蹤，她擔心得離開故鄉，卻沒有人可以依靠。

那樣的心情——女神官不是不明白。

在充滿陌生人的寺院，體會到在這個四方世界中，自己是孤身一人的時候。

或者——攙扶著負傷的同伴，將同伴的哀號拋在身後，於昏暗的洞窟中爬行的時候。

當時的膽怯、不安，她再清楚不過。

「是嗎？」

哥布林殺手沒有再多說什麼。

他沉默片刻，看著同伴及友人引發的騷動。

坐在旁邊的女神官知道他在想事情。

雖然就算她抬頭望向骯髒的鐵盔，還是看不清面罩底下的表情。

過沒多久。

「……這事與哥布林無關。」

他緩緩抬頭，聲音低沉嚴肅，眾人的視線集中在他身上。

哥布林殺手的鐵盔，面向被女騎士抓著的重戰士。

「但我畢竟欠你一個人情。」

「我反而要說，把這當成我欠你一個人情吧。」

他再度強行甩開女騎士的手臂，摸著脖子咧嘴一笑。

「遲早會還。」

「行。」哥布林殺手點頭。「按照慣例，請喝一杯酒。」

經過片刻的思考，鐵盔緩緩歪向一旁。

「不過，為何要找我？」

「我想不到其他有本事的斥候（Scout）。」

「……」

哥布林殺手說：

「……我一向把自己當成戰士。」

妖精弓手忍不住大笑，馬玲姬納悶地看著她。

§

「哎呀，那還真不得了！」

櫃檯小姐雖然語氣輕鬆，這可是跟自己有關的重大事件。

——冒險者竟然擄人。

有問題，問題可大了，是責任問題，不曉得會殃及多少人。

證明類似無業遊民的冒險者並非無業遊民，正是冒險者公會的存在意義。

否則國家也不會特地設立職業公會（Guild）。

給予擄人犯身分證明，那可不是鬧著玩的。

對方若是來自遠方，不清楚這裡的規矩的冒險者，倒還好一些——

——不不不。

已經有人失蹤，無論如何，受害者平安無事才是最好的結果。

「總之，這幾天好像沒有馬人的新手冒險者……」

「是嗎？」

馬人很引人注目。光是來到這座城鎮，就會造成話題。

櫃檯小姐翻著資料告訴他，哥布林殺手簡短回答，點頭。

「那麼，能否視為不是這座城鎮？」

「前提是她有登記成冒險者。」

然而，這座城鎮並不大。

據馬人少女所說，馬人公主額前有撮銀髮，特徵顯眼。

假如她有踏進這座城鎮，不可能沒人注意到。意即——

「我不覺得她會去大城市，比較有可能的就是……」

「水之都嗎？」

「是的。」

櫃檯小姐點了下頭。

分散於各處的邊境村莊及開拓地等地區，當然也需要冒險者的存在。

可是嚮往冒險者生活的馬人少女會去的地方，選項就有限了。

——雖然這或許是我的偏見……

她不認為在草原漂泊的馬人部落的女孩，會想去開拓地生活。

「不過，也不能未經確認就下定論，我先檢查一下冒險紀錄表。」

櫃檯小姐站起身，思考了一下後補充道：

「那名扛著大劍的冒險者，我也會查查看。」

「麻煩了。」

「是。」

櫃檯小姐微微一笑，動作依然瀟灑，小步跑進帳房。

不曉得是剛好在休息，還是在偷懶，櫃檯小姐的同事滿嘴餅乾，抬起頭來。

「怎麼？出了問題？」

「有個人在冒險者的陪同下進城，然後失蹤了……」

「呃啊。」

她發出至高神信徒，或者說是冒險者公會的職員不該有的慘叫。

倘若身分及狀況允許，櫃檯小姐也想發出同樣的聲音，無奈事與願違。

監督官咬了剩下的餅乾一口，配紅茶吞下去，毫不掩飾臉上的不耐。

「……萬一前輩知道，事情就嚴重了。」

「就算她不知道，事情也一樣嚴重。」

「是沒錯。」

即使是開玩笑，她還是忍不住說出口。

總而言之，感謝這位拍掉餅乾屑站起來的朋友。

兩人一同抽出最近活動過的冒險者的紀錄表，一頁一頁翻閱。

馬人冒險者、扛大劍的冒險者，都絕對稱不上普遍。

——好吧……

想要揮舞大刀的冒險者，倒是絕對不少。

覺得帥氣、覺得好看、覺得看起來很強……理由各式各樣。

不只男性，其中也有女性冒險者，可見至高神的威光是多麼偉大。

也有詩歌會將六英雄（All Stars）之一塑造成異邦的傭兵、拿大劍的紅髮劍士。

——不過，聽說那個人是黑髮的女性……

「嗯，查不到。」

眼睛、手指、大腦與無用的思緒切割開來，沿著文字移動。

同事突然抬起臉說道，櫃檯小姐點了下頭，合上帳本。

「對呀，果然在其他城市嗎？」

「我是這麼認為。」

監督官點頭，踮腳將文件放回架上。

「事態嚴重，得寫一份報告書交給公會長。」

「方便拜託妳嗎？」櫃檯小姐問道。至高神神官這個身分，在這種時候很好用。

「是可以，但我想對那個馬人女孩施展『看破（Sense Lie）』。」

監督官好不容易把文件放回去，喘著氣擦拭額頭的汗水，一本正經地說。

「不是在懷疑她，只是需要『我已經檢查過』這個事實。」

「我知道。」

櫃檯小姐輕聲一笑，撥開垂在肩上的辮子。

她很清楚這個人不是仗著權勢看到人就懷疑。

若同事是這樣的個性，至高神肯定不會授予她神蹟。

「我去問問哥布林殺手先生，大概用不著擔心就是了。」

實際上的確如此。

櫃檯小姐像隻陀螺鼠似地小跑步回來，得知她的請託，他點頭回答「是嗎」。

「我不認為她會答應我的要求，不過既然是神官提出的，應該沒問題。」

「謝謝您。由於這個案件比較特別，我會把它安排成來自公會的委託。」

這也是因為他好歹是銀等級冒險者，不能讓他做白工。

更重要的是，事關冒險者公會的信用，必須正式委託冒險者調查。

「我先為您準備給水之都的介紹信，請拿給那邊的公會看。」

「麻煩了。」

——但是。

櫃檯小姐俐落地整理文件，一面與他交談，忍不住揚起嘴角。

她知道這樣想思慮欠周。她明白現在不是那種場合。

但是——沒錯，但是，她真的很高興。

「哥布林殺手先生，您變了呢。」

「什麼變了。」

「因為——」

櫃檯小姐抱緊文件，用邊緣遮住嘴角，以掩飾發自內心的笑容。

「您對與哥布林無關的冒險挺有幹勁的。」

「……」

——真是優秀的冒險者。

受到稱讚的哥布林殺手陷入沉默，「唔」了聲。

「……我並無此意。」

「不必做那種事，我知道自己所言不假就足夠了。」

「可是，讓多一點人知道，對找到公主一定會比較有幫助喔？」

「嗯……」

「一個人也做得到的事，大家一起做更有效率！」

「……嗯……」

既然神官大人都這麼說了。馬玲姬垂下耳朵，乖乖點頭。

看來讓女神官負責跟她溝通，沒有任何問題。

§

哥布林殺手回到等候室後，等待他的是這樣的畫面。

派女神官出馬是正確的判斷，此事值得高興。

「換成蜥蜴人、礦人（Dwarf）或活鎧甲（Living Mail），會嚇到人家。」

妖精弓手晃著雙腿，彷彿在欣賞溫馨的景象，如同一隻貓般瞇起眼睛。

「竟然連上森人都敢瞪，真是膽大包天的馬人小姐。」

「唔。」

聽見這句挖苦自己的發言，馬玲姬噘起嘴巴，狠狠瞪過去。

©Noboru Kannatuki

「我聽說森人這種生物會欺騙人類，害他們在森林迷路，從樹上扔石頭，對付他們時千萬不能掉以輕心。」
「妳說的是別種妖精（Fairy）吧？」
妖精弓手雖然一臉無奈，還是笑著甩甩手。
「算了，有人委託，而我們接下了，那麼剩下就包在冒險者身上囉。」
「我不相信你們。」馬人少女板著臉孔說道。「我也要同行。」
「我們家偉大的繼承人怎麼這麼任性。」
「好痛！」
馬玲姬的頭被敲得發出沉悶的聲響，她按著額頭蹲到地上。
馬人女侍盛氣凌人地瞪著妹妹，表情立刻轉為笑容。
能夠切換對家人的態度及對外人的禮節，或許是她的性格及經驗使然。
「……我也知道這孩子一旦決定，別人怎麼勸都勸不動，不好意思……」
「無妨，無妨。」
她恭敬地一鞠躬，蜥蜴僧侶以誇張的肢體語言接受她的道歉。
有時這種高傲的態度，也是一種貼心之舉。
負責照顧妹妹的冒險者沒有自信，顧著謙虛，只會害對方感到不安。
「貧僧等人會盡己所能，女侍小姐儘管放心。」

「嗯，我也很擔心公主殿下。麻煩各位了。」

來，妳也是。在姊姊的催促下，馬玲姬心不甘情不願地以緩慢的動作低下頭。

「拜託了。」

她的語氣流露出不滿，以及藏不住的老實個性。

姊姊生氣地喝斥她。妹妹像個孩子似地表示自己有好好說出口。兩姊妹妳一言我一語。

哥布林殺手默默看著這一幕。

他什麼話都沒說，也不打算說。也沒有跟平常一樣低聲沉吟。

團隊（Party）中沒人知道鐵盔底下的表情。

「那麼，嚙切丸啊。要怎麼做？」

因此，他做出反應，是在礦人道士於自然的時機呼喚他的時候。

「唔……」他一副現在才回過神的樣子，搖晃鐵盔。「什麼意思。」

「今後的計畫。」

「噢……」

哥布林殺手不是沒有思考，他卻抱著胳膊，做出思考的動作。

下落不明的公主。可能是被冒險者抓走的，地點在水之都。

從失蹤後到收不到信，導致這名馬人少女採取行動找人的天數。

若情況足以致命，過了這麼久早就無法挽回。

不過，如果沒有那麼嚴重。

「照理說要盡快動身，但與其現在走路過去，明天搭共乘馬車應該更快。」

「是啊，糧食我想是不用準備，給水之都的分部看的介紹信，你拿到了嗎？」

「嗯。」哥布林殺手點頭。「而且那座城市也有認識的人。問題總會有辦法解決。」

「大主教（Archbishop）大人對吧。」礦人道士回答。「還有那丫頭，希望她經商順利。」

「最近她好像常去王宮。」

女神官高興得像自己遇到好事一樣，妖精弓手晃著長耳說：

「感覺會很忙。凡人為什麼那麼喜歡賺錢？不就只是圓形的金屬嗎？」

「用不著自己準備，照樣能喝到好喝的酒，吃到好吃的飯，也是多虧金錢的力量。」

礦人道士一副無所不知的態度點點頭，拿起掛在腰間的葫蘆灌下火酒。

「就算自己一人辦不到，有錢即可了事。只要明白這個道理，那東西可方便的咧。」

「是這樣嗎？」

「妳不也是。」

礦人道士瞪了妖精弓手一眼。

「正因為有錢，才能那樣亂揮霍。」

「是沒錯……不對，我才沒有亂揮霍。」

也許是這番話對那雙長耳來說太過刺耳，妖精弓手沒有正面回應，將他的諫言置若罔聞。

「……交鈔嗎？」

這時，大概是找到逃離姊姊說教的藉口了，馬玲姬表情萬分嚴肅，馬蹄在地上一敲。

「儘管我也是逼不得已，既然這件事得讓你們幫忙，我願意支付報酬。」

或者也有可能是想讓姊姊看見自己獨當一面的模樣。

她將在旁邊苦笑的馬人女侍視若無睹，從行囊裡取出錢包。

「多少？這樣夠嗎？」

礦人道士拎起馬玲姬信心十足地拿出來的東西，張大眼睛。

「這是——」

是一張紙。

用某種草——從旁邊探頭窺視的妖精弓手說「是桑樹的樹皮」——做成的紙。

上面用墨水畫著複雜精緻的圖形及文字，一層又一層，相互交疊，相當壯觀。

然而，也就只是一張紙。

妖精弓手無法理解，不過連女神官都難掩困惑，發出「呃，嗯」的聲音，可見這個行為多麼令人不知所措。

看見其他人一臉疑惑，馬玲姬焦急地甩動尾巴。

「怎麼？不夠嗎？」

「不如說不能用啊。好紙確實有相應的價值，但——」

礦人道士用粗短的手指捏住那張紙，拿到燈光下觀察，搖搖頭。

「紙非金亦非銀。」

「……嘖，討厭的野蠻人。」

馬玲姬憤怒地說，一把將那張紙搶回來。

「真拿妳沒辦法。」

看不下去的馬人女侍正準備拿出姊姊的風範——

「無所謂。」

哥布林殺手憑一句話制止了她。

「報酬已經談好，我無意多收。」

「……這樣好嗎？」

「無所謂。」

馬人女侍問道，哥布林殺手重複了一遍。

他在她和馬玲姬開口前環視眾人，接著說：

「總之明天出發，各自做好準備。」

§

離開冒險者公會，踏上歸途的哥布林殺手，在內心不屑地說。

城鎮被暗紅色夕陽投射下來的陽光染成橙色。他走在通往牧場的道路上。

於看過無數次的景色，來來往往的行人之間，踏著大剌剌的步伐前進。

——表現得跟頭目（Leader）一樣。

自己有點得意忘形，這令他極為不悅。

冒險者。

是不是因為被人這樣看待，導致自己過於亢奮了？

——要腳踏實地。

絕對不要認為自己很優秀。

該告訴自己，是因為自己一直拿出全力做好力所能及之事，才勉強有現在的成績。

並非出於對他人的輕視，並非出於對他人的羨慕，而是純粹的事實。

然而——沒人對自己剛才的發言有意見，他感到彆扭。

其他人的認知逐漸產生變化，將自己留在原地。

他們注視的，真的是「自己」嗎？

會不會只是碰巧騙過他們幾年，很快就會露出馬腳？

他光是處理手邊的事就分身乏術，為了把事情做好而竭盡全力。

——唔。

也就是說，他希望別人對自己另眼相看？

愚蠢。

實在太愚蠢了。

為這種事情煩惱，愚蠢之至。

「……真難辦。」

尋找馬人公主這件委託，一點都不適合自己。

現在回想起來——

——最近一直是這類型的事件。

迷宮探險競技、前往北方探索。之前的探索廢都地底也是。

——這件事搞定後，暫時專注在剿滅小鬼上吧。

剿滅小鬼——不僅限於小鬼，所有的冒險都一樣——絕不輕鬆。
不過跟重戰士不擅長都市冒險一樣，每個人都有擅長和不擅長的領域。
就這一點來說，他很擅長剿滅哥布林。
哪裡有什麼東西、下一刻會發生什麼事。用不著煩惱，不明白的事還比較少。
小鬼巢穴對他而言是熟悉的地方。宛如故鄉。
——仔細一想。
比起待在那個村子的時間，待在小鬼巢穴的時間還比較長。
察覺到這個事實的時候，嘴角在鐵盔底下向上吊起，扯出扭曲的笑容。
光是活著，就沒那麼容易。
「……回來啦。」
突然有人在暮色中跟他說話，哥布林殺手停下腳步。
牧場主人的身影像被裁切出來似的，於暗紅色的夕陽中浮現。
哥布林殺手思考片刻，咕噥了一句「是的」，回應他的呼喚。
「在為接下來的冒險做打算。」
對方並未詢問，他卻像要辯解似地補上這句話。
牧場主人沒來由地用手中的農具刺著乾草，大概是在做農活的途中。
他吁出一口氣，做出非常疲憊的動作，將三齒叉扛在肩上。

「又是剿滅哥布林？」

「不。」

哥布林殺手不知道要怎麼回答。他想了一下，搖搖頭。

「似乎不是。」

接到找人的委託。他簡短補充道。

他沒有再多說什麼。不對，是說不出口，不曉得該如何說明。

自己簡直跟優秀的冒險者一樣，要去尋找馬人公主。

雖然他不認為有大恩於自己的這個人會這麼做，通常都會被一笑置之。

「……這樣啊。」

牧場主人卻放心地鬆了口氣。

哥布林殺手不明白他露出那種表情的理由。

「是有難度的工作嗎？」

「還不能判斷。」

往好的方向想的話。這句話，他不打算刻意說出口。

馬人公主單純是離家出走，或是忘記寫信，在水之都當冒險者。

那個可能性還不是零，在實際確認前什麼都不好說。

據馬玲姬所說，公主不會做那種不合情理的事，但——

——世事難料。

除了逐一調查各種可能性，加以驗證外，別無他法。

「只不過，人好像不在附近，得到水之都去找。」

「是嗎……」

牧場主人與哥布林殺手並肩邁步而出。

主屋離這裡不遠。

牧場主人應該是要去將農具收進倉庫——不是他用的那一間。

對話並未持續太久。

「夏天結束後會忙起來。若你能在那之前回來就太好了。」

「好的。」

他踩著沉重的步伐點頭，如同家人要他幫忙做家事的孩子。

當著專業人士的面，實在稱不上熟練，不過——牧場的工作，他也知道要如何處理。

不必思考，動身體就好，對他而言再簡單不過。

不時常動腦就追不上別人。用不著動腦的工作，一定很適合他。

「我會盡量。」

「……噢，不是。」

不知道牧場主人是如何理解這句話的。

「我不是在催你……」

在主屋門前，聲音傳不到正在做飯的牧牛妹——恐怕那就是煙囪冒出的煙的來源——耳中的位置。

他停下腳步，望向哥布林殺手的鐵盔。

接著一字一句細心地對他訴說：

「工作，就是工作。是人家拜託你，你答應的工作吧？」

「是。」

「那就認真去做。」

哥布林殺手透過鐵盔的面罩看著牧場主人。

筆直的視線彷彿要貫穿鎧甲，刺在他身上。

「偷工減料的部分，一眼就看得出來。」

「……是。」

沾滿泥土，滿布傷痕的厚實手掌，輕拍哥布林殺手的皮甲。

哥布林殺手走向倉庫，看著年邁男子的背影逐漸遠去。

然後輕輕碰觸沾到肩上的泥土。

他心想，自己的手肯定不會變成那樣。

§

「那你又要出遠門囉？」

「對。」

身後，應該坐在餐桌前的他，講這句話時肯定點了下頭。

晚餐準備好前的短暫空檔。牧牛妹很喜歡這段只屬於兩人的時間。

——應該是舅舅特地留我跟他兩人獨處的……

這樣一想就覺得既害羞又難為情，所以牧牛妹努力不去思考。

她無意義地攪動爐灶上的大鍋，裡頭是用牛奶燉煮的燉菜。

比起爐火冒出的煙，從鍋裡升起的蒸氣更加舒適。

用乾淨的沙擦過的盤子及餐具亮晶晶的，等不及被拿來用。

她也迫不及待，這段時間對她來說是最為珍貴的。

他喜歡燉菜，她喜歡看他吃燉菜。

更重要的是，農家的晚餐基本上是鍋料理（燉菜）。

只有大都市才能每餐都從奢侈的品項中選擇要吃什麼。例如——

「水之都？」

「嗯。」
他老實地回答像在自言自語的呢喃。
這令她莫名喜悅，想著反正他看不見自己的臉，便露出笑容。
「不清楚會去多久。」
「這樣呀？」
「要去找人。」他說。「找到人之前，不會回來。」
「好辛苦……」
嘴上這麼說，牧牛妹並不知道那有多辛苦。
她曾經到森人的村子玩過（真是作夢般的體驗！）。
不久前還在冬天的廢村遭到小鬼襲擊（真是太驚險了！）。
然而，單憑這些經驗，無法體會冒險的辛苦之處——更遑論做別人委託的工作。
無論何時，她都只是透過他的描述得知。
「但我想在夏天結束前處理完，回到這邊。」
「嗯。」
她點頭，攪拌燉菜。這個行為沒什麼意義。
他想表達的意思，她自認能猜得八九不離十。

不過與其先講出來，默默等待也是她的樂趣之一。

她一下看鍋子，一下沒來由地打開櫃子，偷偷觀察他。

他——從小跟她玩在一起的少年還是老樣子，戴著鐵盔，斷斷續續說道：

「所以，明天開始，又要離開一段時間。」

他陷入沉默，話語暫時中斷。

對話尚未結束。這種小事，她很久以前就明白。

因此，她低頭看著燉菜，思考要說什麼，要回答什麼——

「我走了。」

「好，路上小心。」

自己的語氣有沒有太興奮？她不知道。

他的聲音倒是比平常僵硬，似乎吐出了一口氣。

「……」

牧牛妹終於無法忍受只是斜眼偷看，轉頭望向他。

把手撐在爐灶邊緣，不顧形象地半坐在上面，看著他。

坐在餐桌前的他一語不發，直盯著她。

她也注視著面罩的後方。他帶著什麼樣的表情再清楚不過。

金絲雀在主屋角落輕聲歌唱。

聽見那個聲音，先忍不住笑出來的是牧牛妹。

「……那句話不是現在要說的吧。」

她笑著說道，他正經八百地點頭。

「嗯，不過，我不知道還有什麼話可以說。」

「我也是。」

牧牛妹咯咯大笑，迅速重新面向燉菜。

舅舅差不多也要來吃晚餐了。明天起，暫時不能全家一起吃飯。

——早知道準備更豐盛的料理……

但他喜歡燉菜，她喜歡看他吃燉菜。

如果短期內吃不到，還是平常吃的這道料理最好。

燉菜在鍋子裡冒泡，告訴她可以開動了。

牛奶甘甜的香氣撲鼻而來，刺激食慾。

——他會有好幾天吃不到。

冒險真辛苦。牧牛妹腦中浮現帶有炫耀意味的想法，又笑了出來。

叫他小心點，會不會太理所當然？

可是叫他要加油，或許也有些不負責任。

他很努力是不言自明的事實。

牧牛妹輕輕將燉菜盛到盤子裡，任想像馳騁。

要如何等待他回來、舅舅是否已經知道這件事。

水之都啊，她去過一次，是座大城市。他也去過好幾次，應該。

——啊，對了。

她將想傳達給他的想法轉換成言語，同時並未停止思考。

要做的事堆積如山。不管怎麼說——

「土產，要帶動物以外的東西喔？」

「……」他低聲沉吟，歪過頭。「我不記得我有那麼常帶動物回來。」

不管怎麼說，光是在等待的時候照常度日，就是重要的工作。

§

「……我不坐馬拉的車！」

好吧，確實該考慮到這種情況。

隔天早上，在邊境小鎮郊外的馬車驛站。

溫暖的陽光下，準備前往東方都市的人，以及準備前往西方開拓地的人來來往往。

有背著家當，看似農夫的一家人，也有攜帶採掘工具的礦工集團。

有帶著一堆行李的行商，還有手拿聖典，不曉得是傳教士還是巡迴祭司（Circuit Rider）的女性。

最後當然是擔任那些人的護衛，種族及裝備五花八門的冒險者。

長靴與馬蹄聲，以及車輪在石板路上滾動的聲音。人們的竊竊私語聲、喧囂聲、熱鬧的交談聲。

這個地方以驛站來說雖小，卻是這座小鎮人流往來最頻繁的地方。

身在其中的馬人少女馬玲姬，斬釘截鐵地說。

她面色不悅，瞪著體積比自己龐大的馬匹和繫在後面的馬車。

「但咱們總不能走路去吧？」

這句話出自事先借來馬車的礦人道士口中。

坐在駕駛座手拿韁繩的樣子挺有模有樣的，相當熟練。

「哇，借到了嗎？」

「與其跟別人共乘，有自己的馬車更方便吧。」

就女神官看來，這匹馬體格壯碩，毛也很漂亮，兩眼炯炯有神。

她輕輕撫摸馬的鼻頭，牠便親人地往手掌蹭過來，女神官展露笑容。

「這孩子看起來很聰明，又有力氣……我覺得不會有問題。」

而且礦人道士借來的，是附車篷的大型馬車。

難道這輛馬車是載貨用的，而非載人用的？可是車輪的構造有點複雜……

「它是用來載葡萄酒的。酒可不耐晃。」

礦人道士發現她在看，咧嘴一笑，彷彿在揭開惡作劇的把戲。

「發生那起早摘的葡萄酒——神酒事件的時候，跟酒商混熟了。這輛馬車就是向他借來的。」

「原來……」

回想起來甚至會覺得懷念，真不可思議。

與神酒有關的大騷動。不愉快歸不愉快，最後還是平安落幕的那場冒險。

她記得修女前輩跟那位年輕商人關係不錯——

——這種人與人之間的交流，也會建立起人脈呢。

而人脈無論何時都會在冒險的時候派上用場。女神官點頭，銘記在心。

「不需要。」

馬玲姬仍舊眉頭緊皺，與兩人的對話內容形成對比。

她焦慮地用馬蹄刮著石板路，想要立刻動身的樣子。

與草原截然不同的觸感，似乎令她更加不滿、不快。

「我跟凡人不一樣，用走的就能走到那個叫水之都的地方。」

來。

「能省力最好不是嗎？」

不知何時跑到車上的妖精弓手宛如一隻貓，從車篷後面探出頭。

她已經選好自己的位子，行李也扔進去了，進入放鬆狀態。

這時，她聽見礦人道士在駕駛座諷刺她，長耳一震。

她瞬間將腦袋縮回車篷內，怒吼道「礦人，我聽得見喔！」然後又把頭探出

「這一點妳該跟凡人學學。他們可是偷懶專家。」

語畢，她發出銀鈴般的笑聲。

「那不叫偷懶……」

女神官只得苦笑。

「為什麼妳排斥坐馬車？因為是由馬拉的嗎？」

跟昨天一樣，女神官試圖和馬人少女視線齊平。

但和她屈膝坐在地上的時候不同，女神官與馬人的身體差了一個頭的高度。

女神官努力踮腳，最後甚至想爬到木箱上面。

馬玲姬見狀，板著臉微微垂下頭。

「這也是原因之一……不過馬就是馬。不是祈禱者。」

凡人看到猴子在別人的命令下耍把戲，也不會感到不快。

雖然猴子和人類血緣相近，是蜥蜴人隨口開的玩笑……

「把自己的安全交託在其他人背上，沒有比這更危險的事。」

「貧僧不是不能理解這種想法。」

蜥蜴僧侶以緩慢的動作觀察馬車下方。

嚴重的不備之處，不可能逃得過善戰的蜥蜴人的法眼。

他正和哥布林殺手一同專心檢查馬車。

不是不信任酒商或礦人道士，出乎意料的故障並不罕見。

「先前那場水戰，著實令貧僧膽顫心驚。」

血流都為之停滯了。蜥蜴僧侶補上一句意義不明的玩笑話。

處在他人的掌舵技術可能會影響一切的狀況下，想必不太自在。

「既然如此，我更要走路去了……！」

「可是，浪費體力沒有任何意義。」

哥布林殺手看似很滿意這輛馬車，拍掉手甲上的灰塵站起來。

「凡人可以連走兩個晚上，也可以連走三十里(100km)，卻會選擇搭乘馬車。」

「唔……」

馬玲姬一副想反駁又無法反駁的樣子，無言以對。

意思是，馬人做不到那種事囉？不對，凡人做得到嗎？

女神官疑惑地看看馬玲姬又看看哥布林殺手，直接提出疑惑。

「……真的嗎？」

「速度也不輸馬——前提是在這麼長的距離下。」

若移動距離比這更短，馬力——如字面上的意思，指馬和馬人的瞬間爆發力——是人類占下風。

反過來說，距離一拉長，就是凡人深不見底的體力會獲勝，這也是凡人「隨處可見」的原因。

四方世界中，凡人以最有毅力的不屈種族為人所知。

「前提是可以不遺餘力。若要為戰鬥做準備，最好盡量保存體力。」

好的。女神官雙手握緊錫杖，點頭回應。

「如果逞強或亂來就能贏，就用不著辛苦了……對吧！」

哥布林殺手默默無言。妖精弓手在車上露出貓一般的笑容。

馬玲姬無法理解這句話的意思，面露疑惑，哥布林殺手低聲沉吟。

「……而且有時會下雨，有時會颳風。更何況，妳我都不會卸下裝備吧？」

女神官和其他人尚未開口，他就冷靜地接著說。

馬玲姬同樣無法反駁。

於曠野上奔跑、生活——女神官無法想像，但她體會過風吹雨淋。

冒險途中遭遇過許多次。下雪、暴風雨，她都有經驗。

冒險者前輩說過，不能小看突如其來的雨。

有人因為離前方的城鎮很近，索性在小雨中前行，結果死在路上。

不是暴風雪，僅僅是一陣雨。真不知道是「宿命」還是「偶然」。

馬玲姬應該也知道大自然的殘酷之處。

「…………知道了，我知道了。」

她鼓起臉頰，宛如聽從老師或家人勸導的少女。

「再繼續抱怨，會顯得我像個鬧脾氣的小孩。」

她噠噠噠地走向馬車，用後腳站立，將前腳搭在載貨臺上。

妖精弓手立刻抓住她的手拉她上車，然而即使是上森人，馬人的身體依然過於沉重。

女神官急忙繞到馬玲姬背後——可是，該怎麼幫忙呢……

「可、可以碰這邊嗎……？」

「……是可以。」

女神官緊張地把手放在她美麗的下半身，也就是臀部上，將她往上推。

如果對象是馬，倒沒什麼好介意的，但她可是馬人，而且還是年輕女孩的大腿及其根部。

連光滑的觸感都讓她有種做壞事的感覺，女神官低下紅通通的臉。

看不見馬玲姬的表情，某種意義上來說正好。

「嘿咻……」

馬人坐馬車，應該是挺奇妙的畫面。

於驛站往來的人們好奇地看著她，蜥蜴僧侶一個瞪眼，便令他們閉上嘴巴。

幸好馬玲姬的動作雖然稱不上輕盈，還是順利爬上了馬車。

稍大的馬車多出一位體型與小馬無異的馬人，頓時顯得有些狹窄。

何況她還在車篷底下局促地彎著身子，維持站姿。

妖精弓手微微歪頭，蜥蜴僧侶將長脖子伸進車篷。

「貧僧不熟悉馬人的習慣。是否該拿些稻草過來？」

「……我們並不是馬。」

馬人姑娘帶著明顯有所不滿的表情冷冷回答。

即使如此仍未失了禮節，八成是因為蜥蜴僧侶用對待貴人的態度對待她。

凡人有時會將蜥蜴人、馬人等於邊境生活的種族視為蠻族——

——不過對於隨時可能殺掉自己的對象不守禮儀，未免太不要命。

女神官偶爾會覺得，從不諱言這麼說的這一點來看，蜥蜴人反而更加文明吧。

「我們會在帳篷的地上鋪毛毯……真的沒辦法的話，稻草也行。」

「甚好。」

「我馬上去拿！」

女神官如同一隻小鳥飛奔而出。稻草很快就能在驛站取得。

她的背影勤奮又有精神，對冒險滿懷期待。

哥布林殺手看著她跑走，將她留下的行李搬上馬車。

然後隔著鐵盔看了馬玲姬一眼（她嚇得「唔」了聲），走向駕駛座。

若要在曠野上行駛，負責偵察敵情的斥候最好待在視野良好的地方。

和妖精弓手輪流戒備周遭，無論何時都是哥布林殺手的任務。

他踩在踏板上，用雖不輕盈卻十分熟練的動作，坐到礦人道士旁邊。

「嘿，嚙切丸，看來會是場不得了的冒險。」

「……冒險嗎？」

「是啊，尋找公主的冒險——哎，馬人公主倒是連在敘事詩中都沒聽過。」

礦人道士露齒一笑，默默向他勸酒，哥布林殺手拒絕了。

「不喝啊。」

礦人並未因此感到不悅，放聲大笑，豪邁地灌了一大口酒。

接著用袖子擦掉沾到鬍鬚的酒，紅著臉露出燦爛的笑容。

「……你對於不是要去除小鬼有怨言？」

「不。」

哥布林殺手簡短回答，搖搖頭，望向路上來來往往的人潮。

陽光下，人們聊得有說有笑，長靴踩在石頭地上，奔向前方。

離開冒險者公會，調整裝備，與同伴交談，穿戴各自的武具，前往外面的世界。

種族年齡職業性別都不盡相同的他們，通通對前方的目的地深信不疑。

沒人會在向前邁進時，想著自己的冒險將以失敗告結。

倘若只是想賺錢維生，去當農奴也好娼婦也罷，選擇要多少有多少。

倘若只是渴望勝利及身分地位，大可去當騎士、傭兵、劍鬥士。

除此之外的其他。不是那些的其他。追求那些事物，冒著危險之人。

那就是冒險者，否則就不叫冒險者。

「……」

專殺小鬼之人深深吐氣。

「我在想的是，做除此之外的事也行嗎？」

「是人家拜託的。抬頭挺胸地去做便是。」

「說來容易。」

礦人道士沒有說話，等待他說下去。

待在馬車裡面的妖精弓手應該也在聽這段對話，卻沒有插嘴。

蜥蜴僧侶又如何？不曉得，好像在陪馬玲姬。

哥布林殺手發自內心感謝夥伴們的貼心之舉。

自己又能給予他們什麼樣的回報？他嘆了口氣。

「……做起來難。」

「哪有簡單的冒險。」

說得沒錯。

「久等了！」

女神官從對面抱著稻草跑回來，額前汗水淋漓。

哥布林殺手點頭，選好該說的話，將其說出口。

「那麼，出發吧。」

第2章

「少靠近小鬼」

「咦，草原也有養那種背上長瘤的驢馬嗎？」

「……那叫駱駝。」

在不停晃動的馬車中，少女們的交談聲跟車輪滾動聲一樣輕快。

契機是——是什麼呢？

女神官頻頻跟馬玲姬（Baghatur）搭話，開啟各種話題，馬玲姬冷漠地回應。

遠離城鎮，於曠野上行駛的馬車內，持續進行著悠閒的對話。

尚未敞開心扉，卻不至於徹底拒絕。

慢慢走向對方的心，溫柔地貼近，是女神官一直以來的做法。

多虧了在地母神寺院的修行——

——不如說是她的人德。

韁繩不知為何落到蜥蜴僧侶（Lizardman）手中，妖精弓手（Elf）坐在他旁邊，心不在焉地想著。

凡人（Hume）的成長在眨眼之間。一移開目光，瞬間就會長大。

至少在妖精弓手眼中，那名畏懼剿滅小鬼的少女已經不復存在。

先不說她自己有沒有發現，現在的她不正是一名成熟的冒險者嗎？

「……毛可以用，也能擠奶。還經常用來載貨。」

而且——馬玲姬肯定也想找人解悶。

明明是在晴天的草原上行駛，卻不得不關在車篷內，縮著身體。

連風都吹不到的狀況，馬人(Kentauros)不可能受得了。

更重要的是，有人不帶惡意地跟自己打聽故鄉的情報，誰都會高興。

看出這一點，能夠自然開啟對話，正是女神官的長處。

——雖然當事人應該只是很努力罷了。

「……載貨？」

晃動的馬車裡面，忽然傳來低沉的嘟囔聲。

是跟妖精弓手輪流偵察，坐在載貨臺角落的哥布林殺手。

隔著鐵盔，連他是睡是醒都無法分辨。

遭到棄置的甲冑突然發出聲音，嚇得馬玲姬抖動耳朵及尾巴。

「那東西背上有長瘤，不方便放東西。」

「沒、沒那麼麻煩……」

車輪於路面滾動的聲音，都蓋不過馬玲姬瞬間拔尖的聲音。

「把棉布纏在瘤中間，再用木棒穿過去就行。這樣就成了牢固的貨架。」

「瘤中間？」哥布林殺手嘀咕道。「那東西只有一顆瘤吧。」

「有兩顆。」馬玲姬說。「你在說什麼啊？」

「唔……」

哥布林殺手沉思片刻，接著訥訥地說：

「如何馴服？」

「用馬頭琴。聽見那個聲音，駱駝就會乖乖聽話。」

「馬頭琴。」

「一種樂器。長得像這樣……」

馬玲姬在空中用手描繪樂器的形狀，然後垂下耳朵。

「……用說的解釋不清楚。」

「是嗎？」

哥布林殺手嘀咕了一句，再度陷入沉默。

馬玲姬疑惑地眯眼瞪著他，似乎無法判斷這個話題結束了沒。

——啊。

女神官不禁失笑。

她很快就想到牧場飼養的駱駝。

低著頭的礦人（Dwarf）道士如果是在裝睡——狸是什麼樣的生物？（註1）——應該也發現了。

既然他們都選擇沉默，表示——

「駱駝的奶和毛，用在什麼樣的地方上？」

女神官判斷應該要由自己主動開啟話題，輕聲向馬玲姬搭話。

「……駱駝的話，就是奶酒了。」

「奶酒？」

「用奶釀酒。放著不處理會酸掉，所以要加入砂糖，再蒸餾。」

「哦——」

女神官發自內心驚嘆出聲。

坐在駕駛座的蜥蜴僧侶大概也把這段對話聽在耳裡。他一定很有興趣。

女神官的反應看在馬玲姬眼中不曉得是什麼樣子，她得意地哼氣。

「妳聽過蒸餾嗎？不知道在你們那邊有沒有辦法用就是了。」

聽過——女神官沒有這樣回答。

聽過。但她不清楚其中的原理。

註1　「裝睡」日文為「狸寝入り」。

據聞那已經是煉金術的領域。知識神或酒造神的神官肯定知道。

或是嗜虐神的神官，例如北方的女主人（Husfreya）……未免離太遠了。

——而且。

「好厲害，竟然能在草原上辦到這種事。」

「不過要用到各種道具。」

現在可不是跟人家比較的時候。重點在於，她是真的驚訝。

「至於毛。」

實際上，馬玲姬心情好像因此變好了，面帶笑容接著說道：

「駱駝的毛很棒。只不過，它又軟又粗，通常會用來織東西。」

「跟羊毛不太一樣呢。」

「差遠了。」

她直到這時，都沒發現自己帶著什麼樣的表情。

馬玲姬似乎覺得自己講太多了。

她重複了一遍「差遠了」，別過頭去。

——哎呀，真是的。

這段時間對妖精弓手來說既愉快又有趣，令人雀躍。

她在空中抓住一片隨風飄舞的葉子，放在脣上。

輕輕一吹，那口氣便化為優雅的音色飄向天際。

「吹得真好。」

「還好啦。」

妖精弓手將葉子移開，抖動形似竹葉的長耳。

旁邊的蜥蜴僧侶眼珠子轉了圈，妖精弓手露出貓一般的笑容，含住葉片。

她甩動著從駕駛座伸出的雙腿，於蒼天下奏響聽不出是草笛聲的旋律。

車篷內的冒險者、馬玲姬、車篷外的曠野上的生物，紛紛受到吸引。

落在上森人(High Elf)手中，連草笛都堪比天上的樂器。

柔和、平靜、溫暖，彷彿整個四方世界都在祝福這段時間。

如同搖盪的水面，彷彿會永遠持續下去，難能可貴的瞬間。

連長生不老的森人，這輩子都不知道能有幾次這樣的機會。

即使有無盡的時間，能與心愛之人共處的時間，無論何時都是有限的。

因此，若這段時間有結束的一刻，要不是抵達目的地——

「——啊啊，討厭……！」

就是在發生對她而言非常討厭的狀況時。

妖精弓手皺眉扔掉葉子，粗魯地在駕駛座站起來。

率先做出反應的，是靜靜聆聽演奏的哥布林殺手。

他握住腰間的劍直起腰桿，厲聲詢問：

「哥布林嗎？」

「很遺憾！」

妖精弓手用上森人富含詩意的語言吐出優雅的粗話，大叫道：

「────沒錯！」

§

「既然要隨機遇敵（Random Encounter），幹麼不來隻龍！」

「因而全滅也別有一番風趣！」

妖精弓手抱怨著衝上車篷，蜥蜴僧侶豪邁地大笑，甩動韁繩。

馬車於街道上狂奔，速度雖然不如疾風，敵人確實逐漸進入了視線範圍內。

區區小鬼當然不可能追得上馬車。

「GROOORGB!!」

「GBOG！GRORGB!!」

「GRBBB!!」

竊取騎乘祕密的傢伙另當別論。

慢慢逼近的小鬼集團，騎在於地面奔跑的狼——惡魔犬（warg）背上。

不曉得是馴服了惡魔犬，抑或只是自以為馴服了牠們。

那是永遠的謎團，不管怎樣，小鬼即為麻煩的代名詞。

礦人道士從車篷邊緣瞪著後方，灌了一大口火酒後板起臉。

「會不會是因為妳在那邊吹口哨，他們才湊過來？」

「沒禮貌。是被礦人（Dwarf）聞起來很好吃的味道引來的吧。」

因為小鬼才不會管寄生蟲。妖精弓手的碎碎念如同一道閃光，射穿天空。

「GRGB!?」

砰一聲爆炸聲，整顆頭飛出去的小鬼，從帶頭的惡魔犬背上滾落。

後面的惡魔犬飛快往兩側移動，閃開於地面滾動的屍體，由此可見，主導權應該是握在惡魔犬手中。

畢竟連失去騎手的惡魔犬都仍在奔跑，並未因此受到影響。

「WARRG!?」

妖精弓手立刻用第二箭射殺那隻惡魔犬，從箭筒拔出樹芽箭。

「真希望他們的坐騎笨一點……！」

「數量多少？」

哥布林殺手在車篷邊緣瞪著遠方的曠野，詢問妖精弓手。

「就我看來十隻左右。可是應該還有從遠方追來的！」

回答來自車頂。哥布林殺手低聲沉吟。他不喜歡開闊的地方，封閉的場所好處理多了。

「那個，請用……！」

女神官在他旁邊從行囊裡取出短弓及箭筒。

她不會射箭。雖然學過投石索的使用方式，站在馬車上應該不好控制。

因此，女神官俐落地把短弓和箭筒遞給哥布林殺手。

「多謝。」

哥布林殺手先輕輕拉了一下弓弦檢查狀態，迅速將箭矢搭在弦上，拉弓射出。

毫無氣勢的噹一聲傳出，和妖精弓手演奏的有如弦樂的音色截然不同。

射出去的箭於草上低空飛行，發出沉悶的聲響刺進惡魔犬的前腳。

「ＷＧＧＲ!?」

坐騎哀號著絆倒，小鬼摔了出去。

以這個奔跑的速度，落地時護住身體也沒意義，再說，哥布林根本沒有這個觀念。

頭部用力撞上地面的哥布林彈了幾下，就再也不動了。

「先一隻。」

「哎呀，技術挺好的嘛。」

妖精弓手頭下腳上地從車篷上探出頭。

「原來你會射箭？」

「比不上妳。」

「這還用說！」

得意洋洋。垂下來的馬尾像條尾巴似地一甩，妖精弓手消失在車篷上。

女神官抬起頭，車篷依然平坦，連那位忘年之交的身影都看不見。

上森人的動作就是如此靈活，凡人望塵莫及。

「喂，讓我下去……！」

這時，馬玲姬嚷嚷道。

她在狹小的載貨臺上扭動身軀，艱辛地試圖起身。

「什麼？」女神官差點站起來。「妳打算下去戰鬥嗎!?」

「那當然！」

一把短槍咆哮著射進馬車，彷彿在回應她。

沒有刺進載貨臺，而是直接彈開的短槍，是拙劣的投擲技術下的產物。

「GROOGB！GORRRBBG！」

「WARGGW!!」

拖著馬車的馬，速度比不上惡魔犬。

小鬼們以為那是憑自身實力縮小的差距，欣喜若狂，擲出短槍攻擊。

大多只有從馬車旁邊擦過，就算射中也會彈開來掉到地上。

不過，有幾把短槍骰出了好點數刺中車篷，粗糙的槍尖於載貨臺上開出一個洞。

——可是……

女神官沒有大意也沒有得意，做了個深呼吸，冷靜判斷狀況。

「即使被追上，憑我們幾個的力量應該就應付得來……！」

「雖然我們占上風，就這樣讓那些傢伙為所欲為，我吞不下這口氣！」

馬玲姬的回答則直接得如同迎頭劈下的大刀，氣勢十足。

女神官不知所措，於馬車內左右張望。

哥布林殺手一面計算數量，一面射殺小鬼，擊退追兵。

妖精弓手也是如此。蜥蜴僧侶揮動轠繩，鞭策馬匹使出更多力氣。

與她四目相交的，是礦人道士。

判斷此時不宜使用法術的專家，像在詢問有沒有下酒菜似地開口。

「妳行嗎？」

「沒那個能耐的人，講話就不會那麼大聲。」

馬玲姬冷冷回答，有如遭到輕視之人。

在女神官眼中，她小小的——人類的部分——身體洋溢著生命力。

不知為何，她的眼神使她聯想到爆炸前的火球、於暖爐中燒紅的石炭。

礦人道士捻著白鬍鬚，呼喚在車篷底下手拿弓箭的團隊頭目（Party Leader）。

「我認為該藉此機會看看這丫頭的實力。」

「呣……」

他陷入沉思，射出不知道是第幾支的箭。

要預測不停移動的馬車、不停移動的惡魔犬數秒後的位置關係，是頗有難度的嘗試。

短箭刺在惡魔犬腳邊，連阻止牠們前進都辦不到。

哥布林殺手吐出一口氣。

「……你怎麼看？」

「在曠野上敵得過馬人的傢伙可不多！」

大聲回答的，是在駕駛座掌控整個團隊（Party）命運的蜥蜴僧侶。

無法親自上陣固然可惜，身在戰場的興奮卻使他熱血沸騰。

然而，光是沒把馬車當成戰車使用，他在這個種族中就已經稱得上理性了。

「馬的好壞，原本就得實際騎過方能判斷！」

「……行。」

這個選擇是否正確，當下不得而知。

事後才知道是正確的選項也沒意義。

哥布林殺手點頭。

「我掩護妳。」

「善哉！」

語畢，馬玲姬馬上抓起大刀，從載貨臺上站起來。

她扭動身軀想繫緊鬆開來的鎧甲扣具，女神官連忙跑過來。

「我來幫忙……！」

「有勞了！」

來自陌生的草原，而且還是馬人的裝備。不過，鎧甲就是鎧甲。她知道怎麼固定。

雖說是有樣學樣，她一直在旁邊看他使用鎧甲。這點事她也做得來。

女神官俐落、勤奮地在馬玲姬周身跑動，這段期間戰鬥仍在進行。

「聽見了吧。」哥布林殺手朝上方說道。「有辦法配合嗎？」

「直接說『配合我』就好了啦！」

那就沒問題了。哥布林殺手拉緊弓弦，射穿離馬車最近的小鬼。

「GORGB!?」

「WAGG!?」

這一刻，樹芽箭釘住失去騎手的惡魔犬的嘴巴。

一頭栽進草叢，縱向旋轉的野獸屍體，迫使後方的追兵往兩旁大大散開。

空出一塊空地。

「好了！」

女神官大喊。馬玲姬站起來。儘管坐在駕駛座，蜥蜴僧侶仍然將戰況把握得一清二楚。

「那麼，是否需要放慢速度？」

「儘管快馬加鞭，蜥蜴兄！」

馬玲姬倒退著移動，像要掉下車般躍向草原，立刻拔足狂奔。

速度絲毫未減的精湛跑法，轉眼間將她推往最高速。

僅僅一步。光靠這一步，她的身體就彷彿走了一格，往前彈開一個馬身的距離。

「哈，哈……！」

被微笑斬裂的風，拂過她的馬尾及尾巴於空中飄揚，宛如威武的軍旗。

馬身的肌肉震動，前腳刨著地面，把她的身體送上前，在青草之海中翱翔。

她就像一陣疾風，於整片翠綠曠野透出的藍色閃光，藍色的風（Blue Gale）。

女神官看得出神。

跟在冒險者公會表現得正經八百的時候，和在馬車內閒談的時候都不一樣。

當時的她雖然活著，卻沒有生命。不存在於該在的地方。

只為了在原野奔馳而誕生於世上的人，竟如此美麗。

女神官現在才知道。

連礦人道士都忘了喝酒。妖精弓手停止把箭架在弦上。

哥布林殺手——又是如何？

「GOROOGB！」

「GBBGBR！GRROGBRRG!!」

不管怎麼樣，小鬼不可能產生那種感覺。

他們應該覺得，是愚蠢的獵物自己摔下馬車。

是女人。是個小丫頭。可以填飽肚子。可以拿來凌虐。瞧她那身裝備，太浪費了。

扒光她。折斷她的腳。她會發出什麼樣的哭喊聲？應該會放聲哀號吧。真期待。

我來。你給我滾開。說什麼蠢話。那女人是我的。我來。我來。我來。我來。

小鬼滿腦子只想著自己，認為自己會獲得一切。

所以，率先攻擊獵物這種事，他們想都沒想過。

聰明——他們自認——的小鬼待在後面，嘲笑同伴愚蠢。

因此，那隻小鬼撿回一條小命。

「嘿呀呀呀呀！！！！」

一刀。

馬玲姬揮下背上的大刀，掀起旋風。

如同森人傳說中的劍士，瞬間橫掃四方草原的銀弧劍閃。

這一刀銳利得彷彿能聽見拔刀聲，連同坐騎穿過前方的小鬼。

「GROGB!?」

「WGRG！？！？」

惡魔犬的頭飛到空中，小鬼醜陋的臉一分為二。

聰明的小鬼看見同胞噴著汙血斷氣，會有什麼想法？

無論他是怎麼想的，那個念頭都永遠沒有付諸實行的一天。

「咿呀——!!」

馬玲姬以看不出是在馬上的動作，使出第二擊。

舉到肩膀處的大太刀，像在砍柴般往小鬼騎兵身上斜劈。

「GBBBRORGB！？！？」

「哈哈……!!」

往右，往左。馬玲姬快活的笑聲中，參雜著血風的呼嘯聲。

這段期間，箭矢依然不停從馬車射出，減少小鬼的數量，戰局已定。

馬人少女每揮一次刀，小鬼——惡魔犬——都會明顯面露懼色。

而畏畏縮縮的態度，不可能從她的刀下逃離。

「——————……」

女神官連眼睛都忘記眨，無法呼吸，專注地看著。

由於少了馬頭，她戰鬥起來遠比凡人的騎乘劍術更不受拘束——

這種事，不諳武藝的女神官無從得知。就算知道，也沒有影響。

女神官只知道一件事。

她知道，在這個四方世界，有許多勝過馬玲姬的劍士戰士。

重戰士的剛劍、長槍手的槍法，或者北方首領(Gothi)的雷電斬鐵劍。

論氣勢的話，僅有一次有幸一窺的女騎士的祕劍，遠在其之上。

在戰鬥高手眼中，肯定會覺得她尚且青澀，技巧拙劣。

畢竟敵人可是小鬼，四方世界最為弱小的怪物。

長時間從事剿滅小鬼的女神官，也不會得意地炫耀戰果。

粗俗地任衣襬掀起，屠殺小鬼誇耀力量的模樣，並不值得驕傲。

儘管如此。

她還是覺得很美。

「看來結束了。」

過沒多久，馬玲姬甩掉刀上的血液，將大刀收進刀鞘。

她氣喘吁吁。一陣狂奔後染紅的臉頰，閃爍著汗珠的光芒。

她看都不看堆積如山的屍體，快步走回馬車。

然後將前腳搭上載貨臺，設法爬上仍在行駛的馬車——

「我幫妳……！」

女神官馬上伸出手。

「唔……」

馬玲姬不知所措，目光四處游移。

她望向自己粗糙的手，以及女神官纖細卻絕不只是美麗的手。

接著不安地握住她的手，臉頰的顏色倒是看不出差異。

「……不好意思。」

「不會……！」

女神官吆喝著將馬玲姬拉上來，不曉得她的臂力有多少幫助。

搞不好根本不值一提——搞不好很重要。

「……漂亮。」

可是，哥布林殺手絲毫沒有放在心上，語氣平靜。

女神官把水袋拿給馬玲姬，馬人少女小心翼翼地喝著。

他看著這一幕，收起短弓及箭筒。

「請用……！」

「嗯。」

這時，女神官已經把他的水袋也遞了出去。

哥布林殺手老實地接過，從鐵盔的縫隙間大口喝水。

雖說是摻了葡萄酒的溫水，戰鬥過後卻有著難以言喻的美味。

「——我沒有瞧不起你們的意思。」

馬玲姬大概也是同樣的心情。

她不禁輕聲嘆息，靦腆地搔了下臉頰。

「可是對小鬼耀武揚威，一點意義都沒有。」

「同意。」

哥布林殺手相當嚴肅地點頭。

對上哥布林時，腦袋裡該想的並非功績。他從未試過去想這些。

——那群小鬼只是流浪部族（Tribe）嗎？

消失在遠方的小鬼已經連影子都看不見，他瞪著那堆屍體思考。

是否該回去，停下馬車確認？

——不。

現在沒那個時間，該優先去水之都調查。他做出判斷。

——只要這件事有那麼一點與小鬼有關的可能性。

當然，哥布林殺手很清楚那是近乎病態的強迫觀念。

不過與此同時，他也知道必須讓那個強迫觀念常存心中。

『會講「我頭腦不好，不懂得懷疑」這種話的不是好漢，只是個傻子。』

師父在風雪肆虐的雪洞中，曾經這麼嘲笑過他。

『發現情況不對，拔腿就逃的人叫專家，不顧危險繼續前進的叫冒險者。』

哥布林殺手沒有徹底理解這句話。

在他學過的事情中，有多少能真正稱得上「明白」？

然而，他將拙劣的知識及技術拼湊在一起——決定動手去做。

凡事端看要做還是不做。他早已**明白**。

「趕往水之都。」哥布林殺手說。「也該換人駕馬和監視。」

「行。」

礦人道士輕盈地撐起矮胖的身體，走向駕駛座。

長鱗片的。他呼喚蜥蜴人(Lizardman)，拍了下他的肩膀，靈活地跟魁梧的身軀交換位置，握住韁繩。

他小口啜飲火酒，酒造神應該也會對礦人喝酒駕馬睜一隻眼閉一隻眼。

「話說回來，雖然我對於馬人的重裝騎馬弓兵早有耳聞，親眼看見真的很厲害。」

「嗯嗯，坐在駕駛座無法一睹她的英姿，甚是遺憾。」

蜥蜴僧侶慢慢爬回車篷底下，語氣悠閒。

他蜷起尾巴，以免擋到從旁邊經過的哥布林殺手，稍事休息。

他抬起長脖子，打趣地轉動大眼。

「貧僧還想見識見識她的弓術——此話是否會觸怒獵兵小姐？」

「不會呀。」

妖精弓手嘆著氣躺到車篷上。

「結果，這次好像又要跟哥布林扯上關係了……」

目前，清澈的藍天沒有要下槍下劍下火石的跡象。

數日後，一語成讖的她將再度嘆息。

間章 『不能輸給勁敵』

「現在他應該抵達水之都了吧……」

「難說唷……」

以一大早來說稍嫌太晚，以中午而言又還太早，冒險者公會的酒館內。

櫃檯小姐和牧牛妹坐在圓桌前，聊著做為兩人共同話題的那個人。

她想著偶爾可以去鎮上吃頓早餐，心血來潮提起幹勁，結果遇見了櫃檯小姐。

「……因為冒險途中，什麼事都可能發生。」

所以也許他們還在街道或草原上。語畢，櫃檯小姐展露優雅的微笑。

——好厲害。

看見那個表情，牧牛妹無論何時都會這麼心想。

描繪出美麗曲線的勻稱身軀，梳得整整齊齊、編成辮子的頭髮，身上散發淡淡的香油味。

想到自己穿得跟平常工作時沒兩樣，實在是——

——……不對，又不是在比賽。

貴族家的大小姐真好。只有這個想法，她實在壓不住。

「沒有妳想像的那麼好喔？」

不僅如此，櫃檯小姐還這麼對她說，彷彿看穿了牧牛妹的內心。

她剛才說今天一早就有事要忙，看起來卻不像連早餐都沒空吃的人。

從容不迫，輕鬆瀟灑。要維持這個形象，想必很不容易。

「我知道，但還是會嚮往……」

「這句話，請容我原封不動地還給您。」

從早就在牧場揮汗工作，這種事櫃檯小姐可做不來。

兩人互相對視，輕笑出聲。別人碗裡的飯總是比較美味。

「可是，妳想想看。」

先不說這個了。牧牛妹不顧禮節，用手中的湯匙在空中畫圈。

「貴族小姐不是會參加舞會嗎？穿著這種輕飄飄的禮服。」

「不是沒有那個機會，不過基本上只是去應酬的……」

「有點像舅舅參加的集會……」

聽起來不太有趣，就是把酒宴換成跳舞吧。

「要記住參加者，知道這些人是誰，個性又是如何，跟他們寒暄，講一些應酬話。」

「好累的樣子。」

「但貴族是靠人際關係吃飯的，所以不能說不參加就不參加。」

從政也好，從商也罷，他們的俸祿來自於讓國家維持運作。

「所以——」

貴族小姐驕傲地挺起線條優美的胸部，接著說道。

「我很快就逃走了，在這邊當冒險者公會的職員。」

「啊哈哈哈……那，嗯，我就佩服妳做的這個決定吧。」

至少以前的牧牛妹沒有勇氣奔向外界。現在也不知道有沒有。

並不是想當冒險者。她想成為公主。從小到大。

從這個角度來看——

「……拯救公主啊。」

「很棒的冒險呢。」

面帶微笑的櫃檯小姐，以及素未謀面的馬人（Kentauros）公主。

——我在羨慕嗎？

這樣的心情油然而生，宛如沉積於心中的殘渣，令人不太舒暢。

「唔……」

櫃檯小姐咕噥了一聲。聽起來像在模仿他，因此牧牛妹抬起頭。

「這種事常有，我本來想說要不要放著不管。」

「什麼東西？」

「王都要舉辦馬上槍術比賽（Tournament）——有人邀請我去觀賽。」

「那是——？」

陌生卻聽過的詞彙。牧牛妹呆呆看著空中思考。

——噢，對了。很小的時候，他跟我提過——

「騎士噠噠噠噠——！喀鏘——！……的那個？對不對？」

「嗯，是的。不只這樣啦，不過大致上沒錯。」

他是這樣說的。看來自己沒記錯。

雖然牧牛妹無法理解那種比賽有什麼好看。

「方便的話，要不要一起去？」

「咦……」

因此，這個邀約完全出乎意料。

牧牛妹眨眨眼，看著朋友的臉。不是開玩笑，是認真的邀約。

她開口想要回答，卻說不出話。說起來，她連要回答什麼都不知道。

想去？不想去？我又沒有禮服——不對，有是有。這個。那個。

「妳考慮一下。」

「……嗯。」

牧牛妹點了下頭。櫃檯小姐拿起杯子，喝下最後一口紅茶。

然後無聲地放下杯子，從椅子上靜靜站起來。

「那麼，我要去工作了。」

「咦，啊。」牧牛妹看著她的一舉一動，點頭。「加油？」

「好的。」

櫃檯小姐微笑的動作，依然十分優雅。

牧牛妹看著在穿著制服的背部彈跳的麻花辮，說不出話——搖晃雙腿。

這時間真尷尬。

酒館裡也一片靜寂，說到其他人——只有一位客人。

是一位黑色頭髮，小小的……身材瘦小，看起來很內向的女孩。

盤子裡有幾塊便宜的黑麵包，她拚命將其塞進嘴巴。

少女的食量怎麼看都不會大，眼神卻十分認真，彷彿在訴說自己非吃不可。

旁邊的椅子放著有幾道刮痕的新裝備，脖子上掛著識別牌。

「——妳是冒險者嗎？」

「…………？」

她從盤子上抬起頭。

少女擦掉嘴邊的麵包屑，慌張地左右張望——與牧牛妹對上目光。

「啊。」微弱的聲音傳入耳中。「是、是的。」

她點頭的動作羞澀又開心。

——啊啊，好可愛。

牧牛妹心想。

是個看起來會努力、認真地注視前方奔跑的女孩。與自己不同。

「等等要去冒險？」

「那個，呃，這個。」

少女手足無措的模樣令人心生憐憫，思考過後，她回以不像答案的答案。

「我會，努力。」

「嗯，加油。」

牧牛妹對她揮手，黑髮少女臉上頓時漾起燦爛的笑容。

她頻頻點頭，把剩下的麵包塞入口中。

然後咳著嗽喝了一大口水，飛奔而出。

她向在門口打掃的獸人女侍鞠躬，背上的背包晃得啪噠作響。

黑色縞瑪瑙做成的護身符於胸前搖晃，牧牛妹不經意地看著它。

「冒險啊……」

到頭來，她還是不太理解冒險的樂趣何在。

然而，他似乎熱衷於此事。

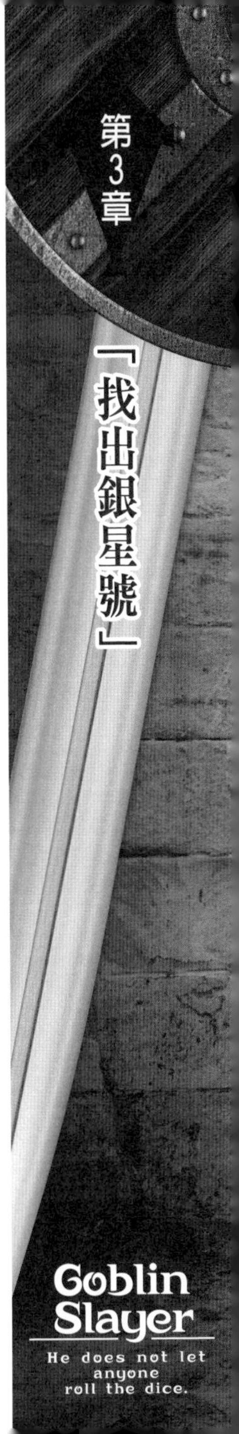
第3章
「找出銀星號」
Goblin Slayer
He does not let anyone roll the dice.

「若妳不介意，要不要保養一下馬蹄？也有馬蹄鐵可以用。」

「不、不知羞恥……！」

水之都，祭祀至高神的大神殿，欣然迎接哥布林殺手一行人。

他們明明是傍晚才抵達，卻受到神官們的接待，女神官非常過意不去。

但不管怎麼樣，神殿的浴場還是令人期待。

畢竟不能寄望邊境神殿有如此高級的浴室。

充滿溫暖蒸氣，美麗乾淨又寬敞的浴室。是女神官的憧憬。

——那位大主教(Archbishop)大人也是。

她會在那裡入浴。想到之前與她共浴的回憶，身體就開始發熱。

比這更高級的地方，女神官只知道王都的大浴場。那裡會有熱水湧出。

不過——

「放心啦，不用怕。剛開始可能會有點嚇到，其實跟淋浴差不多。」

「在別人面前洗身體就已經有問題了……！」

馬玲姬（Baghatur）在更衣處表現出抗拒的態度，讓人想到剛認識時的妖精弓手（Elf）。

提出這個意見的神殿女官不慌不亂，可能是習慣接待異種族了。

她們來的時段似乎正好，更衣處沒有其他正在洗澡的神官換下的衣服。

——這樣的話，吵一點應該也沒關係。

女神官仔細摺好脫下來的法袍，用布裹住鍊甲，輕輕點頭。

妖精弓手看了露出苦笑，馬玲姬則一臉不解，這些都無關緊要。

「草原之國不泡澡的嗎？」

「……擦擦身體就夠了。」

長著乾燥的草，吹著乾燥的風的曠野。女神官想像中的地方，跟之前去過的沙漠有幾分相似。

「再說——」

馬玲姬滿臉通紅，用力搖晃頭部及尾巴。

「竟然讓別人碰自己的蹄，凡人（Hume）在想什麼啊……！」

「大概等同於我們的耳朵吧？」

上森人（High Elf）抖動長耳，馬玲姬的雙耳倒向後方。

「尾巴和耳朵也不會讓人碰。」

——釀神酒的時候要露出腳踝，確實挺害羞的……

女神官看看兩人，豎起食指抵在唇上思考，點了下頭。

「總之先進去吧！」

「贊成。」

「妳、妳們幹麼……！」

結果跟嬉戲一樣。

若她認真抵抗，以馬人（Kentauros）的腳力，想踢飛她們或逃走都易如反掌。

而她並沒有這麼做，不曉得是出於顧慮還是出於客氣。

——感覺好像在利用她的體貼。

女神官笑著安撫馬玲姬，和妖精弓手一同著手脫她的衣服。

肌膚晒成黃金色，修長柔韌的四肢肌肉結實。

身材平坦，卻與女神官的纖細及妖精弓手宛如雕像的曲線截然不同。

要用浴衣遮住為了在原野上奔跑而鍛鍊出來，洋溢機能美的身體，有那麼一點可惜。

當然，遮住的只有上半身。下半部美麗的馬身仍然暴露在外……

——對了。

馬人的下體，也跟凡人（Hume）女性一樣嗎？

女神官思考著無意義的問題，兀自臉紅。

「唔唔唔……何等的屈辱……」

「這叫異文化交流。」

馬玲姬噠噠噠地走在大理石地板上，妖精弓手朝她露出貓一般的微笑。

完全被泡澡擄獲的上森人，立刻伸長雙腿享受起來。

神奇的是，不符合森人公主身分的粗俗姿勢，現在看來卻美如一幅畫。

女神官側目偷看妖精弓手，在地上鋪了跟鍊甲一起帶進來的另一塊布。

「這樣可以嗎？」

「……抱歉。」

「不會。」

馬玲姬提心吊膽地屈膝坐在那塊布上。

女神官平坦的臀部也坐到她旁邊，三人同時鬆了口氣。

再怎麼累，一旦接觸到溫暖的空氣，身體就會從內部放鬆，緊繃的肌肉也會舒展開來。

光是在馬車上顛簸那麼久，就會造成疲勞。

疲勞隨著汗水一同從被蒸氣蒸熱的身體流出。

不知為何，委身於這種感覺——心情也會愈來愈輕鬆。

身體與心靈密不可分，要只顧及其中之一並不簡單。

「……話說回來，為何要來入浴？」

「行軍後得讓身體休息才行。」

所以，女神官也柔聲回答講話聽起來有點恍神的馬玲姬。

「而且，不覺得一起泡澡更能培養感情嗎？」

儘管這只是她個人的經驗。

要跟人談心的話，選在晚上就寢時或入浴時……

總之就是一堆事情都混在一起的時候剛好。

「感覺如何？」妖精弓手瞇著眼睛望向旁邊。「有稍微相信我們一些嗎？」

「……老實說，我仍然抱持疑心。」

——她對我們的信任，足以說出這種話。

因此，看見馬玲姬悶悶不樂的表情，女神官照樣露出滿足的笑容。

馬玲姬懷疑地瞇眼瞪著她，接著說道：

「再說，冒險者不就是與遊民無異的無賴嗎？」

「有受到國家承認的。」

「我們並非那位國王的臣子。」

同樣不是的上森人笑著聳肩，女神官卻沒放在心上。

所謂的互相理解，並非全盤肯定對方的言論。

否則蜥蜴人（Lizardman）、礦人（Dwarf）、森人、凡人，就不會攜手剿滅小鬼了。

「妳不希望公主成為冒險者呀。」

「……這是公主殿下決定的事。我無權干預。」

這個回答近似於肯定。

馬玲姬假裝要擦拭紅通通的臉頰及汗水，把手巾按在臉上摩擦。

「我之所以同行，是為了避免你們收了報酬，卻騙我還在找人。」

她抬起頭，神情緊繃，毫不客氣地說。

「的確有這種狡猾的人吧。」

「無法區別狡猾跟聰明的凡人是很多沒錯。」

妖精弓手都這麼說了，女神官深感慚愧。

凡人的國王在凡人的王國決定的事，如何令上森人和馬人遵從？

連要凡人聽話都不容易了。

不存在任何問題的烏托邦，翻遍四方世界的歷史都找不到。

所以，女神官無法回答。

她沉默著仰望具有雙性性徵的浴槽神，以及位於其上的至高神。

這個問題和法律及秩序不同……根本卻是一樣的。

正因為無法輕易得出正解——諸神才會將這個問題交給祈禱者處理。

「不過事實上，沒辦法一直找下去也是真的喔？」

妖精弓手豎起食指在空中畫了個圈，將陷入沉思的女神官喚回現實。

「畢竟凡人用的錢不會自己冒出來。」

「……這不是當然的嗎？」

馬玲姬咕噥道，女神官不禁失笑。

她嘴上在跟瞪過來的友人道歉，卻止不住笑意。

「可是。」

女神官用手指拭去眼角的淚水，努力表現出驕傲的態度。

「直到找到人為止都不放棄，才是冒險者……對吧。」

「沒錯。」妖精弓手挺起平坦的胸膛。「正是如此！」

下一刻，她抱住女神官夢幻的纖細身軀，嚇得她驚呼出聲。

在兩人的嬉戲聲中，馬玲姬仍然一語不發。

§

「真是的……怎麼來得這麼突然。我也有許多事要準備。」

「是嗎？」

哥布林殺手被帶到律法神殿深處的房間。

金黃色的餘暉從白色柱子的縫隙間灑落，在深藍夜幕中畫出一條白線。

白色聖獸愜意地躺在庭園，小鳥停在鱗片之上。

豎起耳朵，只聽得見風聲、花草隨風搖動的聲音，以及潺潺流水聲。

安詳平和，由舒適的靜謐支配的地方。

身為其主人的女性彎曲柔軟的肢體，勾勒出性感曲線。

從輕薄法袍底下露出的雪白大腿，如同玻璃工藝品一樣纖細美麗。

世上存在僅僅是坐在那邊，即可誘惑他人的美女。

倘若夢魔之流化為人形時想要找人參考，模仿她就行了。

然而，知道她的豐功偉業還能做到這種事的夢魔，應該屈指可數。

劍之聖女宛如天真無邪的少女，噘起嘴巴，皺眉看著眼前的男人。

「我會很困擾。」

「是嗎？」

哥布林殺手淡淡點頭，在她的催促下坐到她對面。

他曾經來過，知道這裡是負責管理此地秩序的大主教——劍之聖女的私人空間。

當時就已經十分整潔了，今天則更加乾淨。

女官行了一禮，站在門口，劍之聖女點頭回應。

她將手放在豐胸上，彷彿要按捺內心的悸動，微微歪頭。

「那麼，您這次是來……？」

「很多事要做。」他冷靜回答。「首先是哥布林。」

「哎呀……」

那是花樣年華的少女害怕時發出的「哎呀」。

劍之聖女摸著染上薔薇色的臉頰，眼帶底下的雙眼想必因恐懼而睜得大大的。

哥布林殺手知道，這是發自內心的舉動。

因此他慎重地思考措辭，卻絕不隱瞞。

「路上有小鬼。有坐騎的。是叫惡魔犬（warg）嗎？」

「是流浪部族（Tribe）嗎……」

「不確定。」

沒時間確認。不對，是他選擇以趕路為優先。

他默默修正自身的認知，接著確認情況。

「這裡是否又有哥布林出沒。」

「不！」

語氣激動。

除了貼身女官及五位戰友，只有小鬼殺手聽過她這樣的語氣。

劍之聖女為自己發出那樣的聲音感到羞愧，低下頭搖頭否定，金髮隨著她的動作漾起波紋。

「不……沒這回事。」

她低聲說道，抬頭悄悄觀察他的反應。

來自下方的視線，彷彿要窺視面罩底下的臉孔。黑暗、黑影，對她的眼睛都不構成影響。

「自從您將他們除掉後，這座城市就從未出現過。」

「唔……」

「當然會有一些小規模的邪惡勢力。不過那種程度……」

——不足為懼。以她的地位及實力來看，這並非輕敵，而是單純的事實。

在水之都這種大都市恣意妄為的混沌勢力多不勝數。

邪教教徒的陰謀、擾亂人心的魔神，可能還會有不守法的貴族在作威作福。

沒有法治的荒野有屬於當地的惡行，法治之地有屬於當地的惡行。

不斷做出抵抗的人的勇氣，唯有加以讚許，如何能夠嘲笑他們無能？

哥布林殺手對於自己的無知有所自覺。

相信神明，壓抑對小鬼的恐懼，不仰賴其他人的幫助，該有多麼困難。
面前這位女性在做的事，是自己無法想像的。
「無論如何，既然不是哥布林，我就管不著了。」
「是的。」劍之聖女將天秤劍抱在懷中。「值得慶幸……也令人遺憾。」
無須勞煩您出手。她哀傷地喃喃說道。
「雖然不知道和我在處理的事有無關聯，確實有小鬼出現。」
「我會多加留意。混沌的尖兵，或許是黑影籠罩都市的前兆。」
重點在於，哥布林就該殺掉。
此乃這對男女共同的見解，兩人互相點頭。
不過被悄悄吐出一口氣的女官嚇得身體一顫的，只有劍之聖女一人。
「還有。」
她彷彿在猶豫該不該講出非常下流的話，戰戰兢兢地接著說。
「若您打算在這裡停留幾天，那個，住宿……」
前提是不會給您造成麻煩。她邊說邊用白皙的手指捏著法袍的下襬。
曾經被小鬼折斷的手指，跟她的雙眼一樣美麗依舊。
「……不介意的話，可以在這座神殿留宿……」
「謝了。」

哥布林殺手老實地同意。

能得到他人的幫助，真的很幸運。

「這件事，我不知道該如何處理。如果妳能幫忙，再好不過。」

「哎呀……！」

這是年輕的貴族千金收到心儀的男性所寫的詩時發出的「哎呀」。

「有我幫得上忙的地方，請儘管開口。」

她垂下頭，臉泛紅潮，彷彿連伸直雙腿，將身體探向前方都覺得羞愧。

「在找人。」他十分猶豫接下來該如何說明。「去冒險的人。」

「找人……」

劍之聖女的輕聲細語，輕輕落在昏暗的大房間。

女官走到燭臺前點燃蠟燭，半點聲音都沒發出。

朦朧的燭火搖曳，與日落後微弱的殘照混合在一起，照得影子跳起奇妙的舞蹈。

這叫幽玄嗎？哥布林殺手用他貧乏的感受性思考著。

雖然他並不清楚，所謂的幽玄是什麼樣的概念。

「我也經歷過不少冒險，可是找人的經驗……噢，不對。」

劍之聖女莞爾一笑，彷彿想起孩童時期的遊戲。

「在迷宮裡面的話，倒是有過。」

「很遺憾，應該在城裡……前提是人還在。」

「那麼，您在找的是……？」

「馬人。」

哥布林殺手說。

「聽說是馬人的公主。長得好看，額前有撮像流星的頭髮。」

「…………」

劍之聖女沒有立刻做出反應。

她在眨眼時遮蔽視線的黑暗中，慵懶地看著庭園的夜幕。

今晚說不定看不見星辰和雙月。空氣有點潮溼。

不久後，她小心翼翼地靠近他。

「我不是沒有頭緒，但不確定能否回應您的期待……」

「無妨。」

哥布林殺手乾脆地回答。

「一一查證就對了。」

「……您就是這樣的人。」

當時也是這樣。劍之聖女有如在透露祕密，輕啟雙唇。

「——您聽過銀星號嗎？」

§

泥土被用力踢起，於蒼天揚起一片沙塵。

從中竄出的是有顏色的風，有顏色的影子。以迅雷不及掩耳的速度衝刺。

——是巫女。

紅藍綠黃褐黑，美麗的少女們穿著顏色各異的華麗法袍。

那是在模仿風之神交易神，還是勝利之神戰女神？

美麗、可愛的她們排成一列，同時猛衝而出，僅僅是在旁邊欣賞，就令人看得出神。

踢擊大地，將身體送往前方的下半身，不是人類的身體，而是馬身。

馬人少女驅使宛如一對美麗翅膀的靈活四腳，在大地上奔馳。

擠滿競技場的大量觀眾高聲歡呼。

剛開始可以容納六匹馬並肩奔跑的跑道，在經過一、兩個彎道後，變成頂多只擠得下兩匹。

少女們互相推擠，與對手並排，不讓她超前，有人則退到後方儲備體力。

跑在最前面的少女身材嬌小纖細，兩側的頭髮於腦後編成辮子，儼然是名淑女。

她憑藉那不知道源自何方的體力、臂力，始終位居第一。

只要一直拿出全力，就絕對會贏。她像在這麼說一樣，可惜絕無此事。

緊跟在後方的白髮——不，灰髮少女，悠然地追上。

領先的淑女以全力奔跑，灰髮少女則表現出還留有餘力的模樣。

迎風奔馳再愉快不過。她的笑容從容不迫，因此氣勢十足。

誰都無法忽略，讓人覺得賽場上的主角不是其他人，而是這位灰髮少女。

每通過一個彎道，這兩匹馬就競爭得更加激烈，加快速度。

然而，也有人衝出來緊咬著她們不放。

戴著黃薔薇髮飾的馬人少女，咬緊牙關擠進前方。

全力、從容，面對這樣的對手，不顧性命或許是正確的做法。

就算漂亮的衣服沾滿泥巴，就算肺部會破裂也無妨。

支撐逼近前面兩匹馬的少女的，並非才能或血統，而是不顧性命的努力。

她拚命甩動手臂，用馬蹄將身體送向前方，朝著勝利不斷向前。

通過最後一個彎道後，剩下的賽道是一直線。只要衝過終點，即可獲得勝者的榮光。

這時，後方傳來一陣雷鳴。

位居最後的是身穿黑衣、身材高大，打扮成男裝麗人的馬人。

她的馬蹄踢擊大地，土塊四散，發出震耳欲聾的巨響。

一步、兩步、三步。她僅憑短短三步縮短距離，逼近前方的少女。

四匹馬轉眼間擠在一起。

黑色少女展現如同閃電的跑法，對勁敵們笑了下。

淑女視若無睹。灰髮少女看著麗人微笑。黃薔薇女孩拚命看著前方。

一旦有人超前，其他人就會立刻逼近。並駕齊驅，互相推擠，竭盡全力向前奔跑。

勝利會落在誰手中，連諸神都無法預測。骰子已然擲出。

連眨眼的時間都沒有。連呼吸的時間都沒有。沒人能夠移開目光。

此時此刻，這座圓形鬥技場的一切，通通只為她們——跑者（Aurigae）而存在。

然後——

「國王陛下萬歲（Ave Caesar）！」

勝者高亢的呼聲響徹貴賓席，群眾的歡呼為她的榮光獻上讚美。

§

藍天下，礦人道士沐浴在漫天飛舞的馬券之下，悠哉地回答。

一手拿著烤貓肉，另一隻手拿著一杯酒。

「不，那是一種習俗。」

「國王也在場嗎……!?」

雖然沒加入賭局，他看起來十分享受。

和第一次觀賽，激動的心情久久不能平息的女神官形成對比。

除了「好精采」以外什麼話都說不出來的女神官，終於想到這個問題。

國王陛下萬歲。可是抬頭一看，貴賓席不像有國王坐在那邊的樣子。

不知情的人會感到疑惑，也是理所當然。

女神官聽說過水之都有座圓形的鬥技場，實際造訪倒還是第一次。

用沉甸甸的石頭打造，設置了好幾層的座位，幾乎座無虛席。

女神官從未見過這麼多人，也是第一次看到這麼多瘋狂的人。

她當然早有耳聞人們熱衷於馬人的競賽，不過——

——……好精采……！

她下意識站起來的時間，比平坦的臀部坐在藺草坐墊上的時間還要長。

聽說王都的大競技場（Circus Maximus）比這裡更大！

在鄉下寺院長大的自己踏進那種地方，會有什麼反應？女神官不知道。

「但那原本是戰車競技吧。最後那句話也是在比賽途中喊的。」

「最近馬人的競賽也很流行。」

招待一行人觀賽的少女笑咪咪地說道，看起來很高興。

是曾經加入這個團隊（Party），因時得勢成為御用商人的女商人。

上次見面是在那場沙漠的冒險，為久別的重逢笑得開懷的她，在接獲劍之聖女的請託時一口就答應了。

招待這群知心好友參與鬥技場的新興事業，有什麼好拒絕？

「四腳和兩腳都有。也改到最後才向國王致意，還會加入歌舞，有許多變化。」

「凡人明明那麼重視文化傳統，卻老愛做一些變化，搞不懂他們。」

妖精弓手邊說邊握著馬券，心情極佳。

瞧她沒把馬券扔掉，大概是賭中勝者了，或是不理解其中的意義。

也有可能是因為她和女商人喜孜孜地買來的水之都的流行服飾。

就女神官看來，那身衣服暴露得令她忍不住臉紅。

——……真不知道該往哪看。

她如此心想，同時也覺得在這陣熱氣中，看起來挺涼爽舒適的。

更重要的是，這身衣服能讓上森人健康的魅力充分展現出來，意即很適合她。

——我是不是也該拜託人家幫我挑件新衣服……

女神官也有點動心，但她反覆告誡自己不能浪費錢。

不管怎麼樣，即使置身於瘋狂的群眾當中，妖精弓手還是很享受的樣子，既然如此，有什麼好在意的呢？

「很適合獵兵小姐。」

蜥蜴僧侶(Lizardman)正經八百地用長脖子點頭，咬住手中的貓肉。

「哎呀，謝謝誇獎。」

妖精弓手擺擺手，像隻貓似地瞇起眼睛。

蜥蜴人看著她，長脖子——喉嚨發出吃得津津有味的吞嚥聲。

「貧僧對於戰車競技也很好奇。」

若有起司就更好了。他喃喃說道，旁邊的上森人輕笑出聲。

「沒想到你那麼喜歡駕車。」

「因為背負暗殺者汙名的男人，藉由戰車競技與宿敵對決的敘事詩，實乃一則好故事。」

「那首詩歌的主題不在那裡吧。」妖精弓手苦笑著說。「它很長一首耶。」

「沒長到讓森人嫌的地步吧。」

「總之比賽挺有趣的。馬人真的跑好快。」

礦人道士的調侃，對於心情好的妖精弓手來說只是耳邊風。

看她答應蜥蜴僧侶等等要買起司給他，應該是賭贏了。

「甘露！」

蜥蜴僧侶大叫著用尾巴敲打座位，周圍的觀眾嚇得瞪大眼睛。女神官予以無視，望向馬玲姬。

「……」

稚氣尚存的臉孔上，滿滿都是不愉快的情緒。

她來到鬥技場時——在那之前就一直不說話，嘴巴閉得緊緊的。

女神官不停偷看她，思考是不是該跟她說些什麼。

「那個叫銀星號的，跟這有什麼關係。」

她尚未做出決定，哥布林殺手就用毫無起伏的平淡語氣詢問。

他似乎一直在默默觀賽，或許是對比賽有興趣。

「是的。」

女商人彬彬有禮地低下頭，環視周遭，觀察周圍的狀況。

「不用介意。」哥布林殺手說。「在這麼吵的環境中，反而聽不見別人說話。」

「那就……那個，各位在找的馬人，是瀏海有一撮白髮的美麗女性？」
「聽說是如此。」
哥布林殺手點頭。女神官知道他在鐵盔下看了馬玲姬一眼。
馬人少女依然悶不吭聲，只是耳朵一震。
「銀星號是這種比賽的跑者之一，具備同樣的特徵。」
「哦。」
「是很有前途的新人。跑得相當快，大家都在期待她的表現，不過……」
她失蹤了。女商人慎重地選擇措辭，低聲說道。
聽說——聽別人說的。
事情發生在數日前，颳著暴風雨的夜晚。
有位可疑男子出現在準備上場比賽的馬人的宿舍，不停試圖觀察裡面的狀況。
教官(Lanista)推測對方是品行不良的賭博師，派出看門犬趕走他。
隔天早上，一睜開眼睛——
「銀星號從宿舍消失了，她的專屬教官也不見人影。」
「只是這樣的話，應該很快就能找到。」
「……事情似乎沒那麼單純。」
教官們立刻著急地四處尋找銀星號。

她可是外貌出眾的馬人。這麼引人注目，不可能找不到。

然而，最後發現的是——

「死在城外，頭部碎裂的教官亡骸。」

——感覺會是場不簡單的冒險。

女神官的感想，想必不會差到哪去。

哥布林殺手低聲沉吟，其他團隊(Party)成員也皺著眉頭，面面相覷。

「我看——」妖精弓手眨了下眼。「犯人就是那個賭博師吧？」

「不知道。」

聽見她直截了當的發言，女商人帶著感到為難的複雜神情搖頭。

「那名賭博師很快就落網了，但他堅持不是他做的……」

「殺人犯都會這麼說啦。」

礦人道士大口灌酒。

賽場已經在為下一場比賽做準備，清掃沙子，將地面整理回原樣。

「可是，這裡不是有那個大主教在嗎？」

「那位大人不是每一起事件都會參與調查。」

這句話並不是在指劍之聖女完全沒有干預此事。

這裡是水之都，掌管邊境秩序的律法神殿的所在地。

在蒙受至高神的恩寵，身為六英雄（All Stars）之一的劍之聖女眼前，沒人說得了謊。

「至高神神官對他施展了『看破（Sense Lie）』的神蹟。」

「結果呢………？」

結果如何？女神官緊張地問，女商人回答：

「沒有用。不對，神蹟確實發揮了作用。他不知情，與此事無關，那就是真相。」

「結果還是不知道犯人是誰。」

「犯人沒留下太多線索，所以相關的謠言也很多……」

會不會是鳥人幹的？不對，是魔神現身把她帶走的。是用邪術的人吧。

有沒有可能是鏡像魔神（Doppelganger）或仿造生物（Snark）之類的掠奪者（Snatcher）？

某位獵人一晚殺掉六隻化成人形潛伏於社會的怪物，這則傳說相傳甚久。

在這個四方世界，存在人們無法相信的生物。

「還有人說是金剛石騎士做的。」女商人板起臉。「真是愚蠢的謠言。」

「搞不好是龍把她抓走，關在遙遠的洞窟。」

「喂。」

妖精弓手用手肘撞向開玩笑的蜥蜴僧侶。

被撞的那一方不痛不癢。

「好像有打算從王都請諮詢偵探過來。」

「諮詢偵探。」

「最近很有名的樣子。」

不曉得是妖精弓手還是女神官，重複了一遍陌生的詞彙，女商人笑出聲來。

——啊……

她不時會把手放在腦後的頭髮和後頸上，被烙上的駭人烙印也仍然維持原樣。

不過，光是能跟妙齡少女一樣展露笑容，女神官就有種得到救贖的感覺。

真的是難能可貴。

「公主怎麼可能做這種不要臉的行為……」

正因如此，聽見馬玲姬的語氣流露出憤怒的情緒，她同樣無法置之不理。

她終於忍受不住，抬起頭狠狠瞪過去。

目光筆直刺向正在登場的馬人們。

邊走邊揮手跟觀眾打招呼的模樣，既帥氣又美麗。

女神官是這麼認為的——

「……被拿來當成一種娛樂，她們不會感到羞愧嗎……！」

「我覺得沒什麼好丟臉的……」

馬玲姬似乎不以為然。

她悶悶不樂地罵道，女神官猶豫著該對她說些什麼才好。

再怎麼努力讓視線維持在跟她一樣的高度，凡人與馬人終究不同。不同的生物，合不來的時候就是合不來。陪在旁邊稱不上配合。

「聽說戰女神以前也是劍鬥士……」

「凡人的神明與我無關……！」

所以，她一這麼反駁，女神官就無言以對了。

「我不知道那個叫銀星號的傢伙是何許人物，可是公主絕對不會這麼不知羞恥……」

「那麼，要不要見個面實際談談看？」

出面拯救友人脫離困境的，是女商人。

她跟女神官一樣——從她身上學來的——與馬玲姬視線齊平。

巨大的馬身坐下來後，高度也和凡人嬌小的少女並無二異。

不如說，她在馬人之中肯定屬於體型較小的那一個。

面對那參雜困惑、憤怒及混亂的眼神，女商人微微揚起嘴角。

「當然不是銀星號。那個……我這邊的跑者和她很熟。」

「無論如何，都得確認那個銀星號是否為馬人的公主。」

哥布林殺手的語氣同樣淡漠，不帶更多情緒。

聽起來像在表示，在這邊大吼大叫也沒辦法解決任何問題。

馬玲姬對鐵盔投以帶刺的目光。

女神官——以及夥伴們——知道他的態度沒有更深的含義。

他們看著彼此苦笑。就算跟她說明，也只會反過來觸怒馬玲姬吧。

重點在於，情況需要有進展。從這方面來說，這也是其他人將頭目（Leader）交給他擔任的原因……

——這個人八成沒發現。

真拿他沒辦法。他教導他人當機立斷的重要性，卻不認為自己有做到。

小鬼殺手沉默了一瞬間，彷彿在因女神官或其他同伴的視線感到疑惑。

然而，他的語氣依舊平淡，做出決定。

「……麻煩妳帶路。」

§

少女們聚集在戰女神、交易神、正道神的庭園，帶著燦爛的笑容於賽道上奔馳。

款式相同的深色練習服，包覆著純潔無垢的身心。

為了避免長尾的毛亂掉，尖耳往旁邊倒下，維持光鮮亮麗的跑法是應該的。

跑得蹄鐵喀喀作響的粗俗少女，當然不可能存在。

跑者的養成所(Ludus)位於水之都內，離鬥技場並不遠。

脫離興奮的情緒尚未冷卻的人潮後，女神官不由得鬆了口氣。

僅僅是走在有豬牙舟(Gondola)航行的河邊，心情就平靜下來，真不可思議。

女商人帶他們來到的地方，確實符合學校(Ludus)這個名字。

紅色屋頂的建築物像城牆似地蓋在四周，圍住內院。

內院備有各式各樣的訓練道具，以及練習用賽道。

「好，做得不錯！想像體內有一個沙漏！正確掌握自己的速度和步調！」

「是！」

「妳為什麼想超前！學會控制速度，把力氣保留在腿部。繼續並肩跑！」

「請教官多多指教!!」

「休息時間！記得補充水分。有沒有人身體不舒服？」

「我沒問題。」

「我的蹄鐵好像有點脫落……」

「趕快請人裝回去。其他人也是，想跑贏的話先珍惜妳們的腳！」

「妳尾巴的毛亂掉了。」

「啊，不、不好意思……！」

「這樣就對了，神明也在看，多注意儀容啊。」

教官們手拿做為身分證的木劍，指導幾位馬人。

馬人們精力十足地回應，汗如雨下，互相切磋琢磨，好讓自己的速度快上一秒也好。

女神官驚訝的是，教官之中不只有凡人，也有馬人。

自然是因為凡人沒有四隻腳，馬人更瞭解馬人的跑法。

「挺舒服的熱氣。」

蜥蜴僧侶瞇眼看著眼前的景象，感慨地做出評論。

「令貧僧想起故鄉的練兵所。」

在同樣的練兵所或同等級的地方接受訓練的士兵，才有辦法達到同樣的水準吶。

聽見他的自言自語，女商人靦腆地低下頭。

「過獎了。最近才好不容易走上軌道……」

從善戰的蜥蜴人口中得到這樣的評價，對凡人而言是光榮又過度的讚美。

難怪女商人笑得那麼燦爛。不如說是正常的反應。

「意思是，」礦人道士抬頭看著她的臉。「這座設施是屬於妳的？」

「我開始經營事業的不久後，認識的人覺得總比廢校來得好，便宜讓給我的。」

如今回想起來，那反而是出於善意的行為。

重新出發的瑕疵品少女若要從商，很容易招來閒言閒語。

只會賺錢回饋利潤的話，很多時候做不了生意。

女商人也逐漸明白，她之所以排斥貴族的娛樂，不是出於高潔，而是因為並不理解。

此舉無異於在用後腿朝那座鬥技場的狂熱及與其相關的人踢沙。

雖說不能過度沉迷——

「儘管不太熟練，總算走到這一步了。」

女商人挺起好看的胸部，覺得自己大可為沒人有辦法說那是在聚賭而感到驕傲。

「哎呀，很好很好。上不了軌道的人多得咧。」

可是看見礦人道士露齒一笑，女神官仍然表現得誠惶誠恐。

那害羞的模樣，妖精弓手當然不會放過。

「怎麼？妳打算讓冒險者也上場比賽嗎？」

「啊，好像不錯。」女商人愉悅地說。「迷宮探險競技也辦得很成功。」

「拜託不要。只求快速攻略的冒險一點都不有趣。」

會誕生一堆歐爾克博格。聽見這句話，女商人忍不住笑出聲。

逗得她咯咯發笑的當事人卻毫不介意。

——……該怎麼說呢。

女神官也覺得好笑又難為情，尷尬得扭動身軀。

雖然她至今依然覺得自己不夠成熟，自己在別人眼中看來，難道也是那樣？

不過，自己珍視的朋友之一正在不斷向前邁進，非常值得高興。

「那麼，」哥布林殺手忽然冷靜地開口。「關於銀星號。」

「啊，好的。不好意思。」

女商人清了下喉嚨，以掩飾紅通通的臉頰，環視練習場。

過沒多久，她找到要找的人物，呼喚那道閃電的名字。

沒錯，閃電。在剛才那場比賽的終盤，帶著雷鳴後來居上的那位馬人少女。

毛色烏黑，秀髮於腦後綁成一束，打扮得像個男裝麗人的女性。

隨著距離接近，她的容貌逐漸清晰，在觀眾席看見時，她就這麼覺得了——

——好大。

女神官對於那名令人忍不住抬頭的馬人女性，產生這樣的感想。

身體強壯且結實，跟穿那套比賽服的時候一樣。

長相也很帥氣，再加上那條紅色緞帶，美麗得像個王子。

然而，穿著練習服都看得出的身體曲線，明顯屬於女性，散發與劍之聖女相似的魅力。

「妳已經在跑步了？才剛比完賽呢。」

「不，我只是想讓火熱的身體冷靜下來，沒有勉強自己。」

「腳的狀況如何？」

「不必擔心。」

女商人親暱地呼喚發出輕快馬蹄聲跑過來的她。

女神官從她的步伐察覺到異狀，腦中冒出一瞬間的疑惑。

馬人全力奔跑，對腿部是不是會造成相應的負擔？

這時，馬人跑者發現女神官在看她，自然地抓住她的手，輕輕在其上落下一吻。

「那麼，這位小姐找我有什麼事？」

「哇！」

麗人恭敬地向她行禮，把眼睛湊近，心跳會不禁漏了一拍也很正常。

——不能怪我……

「想打聽銀星號的情報。」

因此，平靜如水的聲音代替心跳加速的女神官傳來時，她鬆了口氣。

她眼中閃爍著閃電的顏色，美得勾人心神。

永遠看下去會危及性命。光是看呆一瞬間就讓人覺得足夠了。

「銀星號？」她眨了下金色的眼睛。「妳是她的粉絲啊。真令人嫉妒。而且——」

她的視線移動到礦人（Dwarf）、蜥蜴人、骷髏的鎧甲上，最後於旁邊停下。

「連上森人小姐都被銀星號迷住。若妳看過我的表現，就會迷上我了。」

「我已經看過囉。」開朗的笑聲自妖精弓手的喉間傳出。「非常美。」

「那真是太好了。如何？若妳願意，我可以為妳一人而——」

嘿。女商人沒有發出聲音，用嘴型喝斥，責備她真的很愛拈花惹草。

雷鳴跑者的眼睛立刻閃過淘氣的光芒，嘴唇勾起動人的笑容。

「有什麼關係？要是我在競技場上轉為關心其他女孩，我的勁敵不會坐視不管的。」

「妳都在比賽前做些什麼啊。」

「踢飛那些沒禮貌的人？」

「妳在做什麼啊……」

女商人抱頭呻吟，跑者哈哈大笑。根本聽不出她是認真的還是在開玩笑。

該說她自由奔放嗎？看似輕浮，卻不只如此。

沒錯，僅僅是輕浮的女性，不可能有辦法展現那樣的英姿。

「……不可能是公主殿下。」

所以，低著頭的馬玲姬的嘟囔聲，她也沒有聽漏。

「公主殿下，竟然會在草地以外的地方……做那種雜耍般的事……」

「草地啊。那東西換起來很費事，城裡的競技場不會使用。」

跑者靜靜走到馬玲姬旁邊，屈膝看著她的臉。

「從這個意義上來說，我當然也希望總有一天能在草地上奔跑，這是不對的嗎？」

「……」

馬玲姬激動得漲紅了臉，眼角泛淚，抬頭瞪向她。

「妳、妳都不覺得丟臉嗎！那種事……那樣簡直像……」

「我當然有羞恥心。第一次在人前奔跑時，我心臟狂跳，也會緊張。」

「不是那個意思……！」

「哈哈哈。」

她絲毫不將馬玲姬的嘶聲吶喊放在心上，電光閃現的雙眸筆直貫穿年幼的少女。

「因為我們家代代都是跑者。雙親的血統都是……雖然母親沒有名氣。」

父親是得過好幾次獎的名跑者。她驕傲地說，瞇起眼睛。

「所以，我比賽時從未為自己繼承的血統感到羞愧。一次都沒有。」

馬玲姬無言以對。

只能張開嘴巴，又閉上，不久後緊咬下唇，低下頭。

「……可是，公主殿下她……」

跑者的手指輕輕梳理她的頭髮，馬玲姬沒有拒絕。

她摸著馬玲姬的頭，閃電般的視線突然望向其他冒險者。

「她說的公主是銀星號嗎？」

「不確定。」哥布林殺手回答。「我們就是來確認的。」

「唔……公主是什麼樣的人？」

「我們也是聽來的……」

她一面關心低著頭悶不吭聲的馬玲姬，一面輕聲描述。

一顆顆水珠滴在這位少女腳下，團隊(Party)中的每位成員都沒有多說什麼。

擁有閃電之眼的馬人當然也一樣。

「特徵是符合的。」

聽完額前有道流星的馬人的情報後，她點頭肯定。

「她是個漂亮的女孩。跑步的時候輕鬆愜意。原來是公主嗎？難怪……」

「難怪？」

「她挺有氣質的，一舉一動都很優雅。懂那種感覺吧？」

「這樣呀……」

女神官望向妖精弓手和女商人。以及不在場的王妹。

怎麼說呢，她們的行為舉止，跟自己有根本上的差異。

「……嗯，可以理解。」

「她有沒有提過來到這裡前的事？」

礦人道士問，擁有閃電之眼的跑者困擾地折起長耳。

「她來自別家養成所Ludus……我們在鬥技場上一起奔跑的次數也還不多。」

她用手抵著下巴，陷入沉思，看起來有模有樣，如同一名演員。

這段期間，她仍在用另一隻手溫柔撫摸馬玲姬的頭，看得出她思考得很認真。

「而且，她不太常開口。不如說我們的對話方式就是跑步。」

「話雖如此……總不至於什麼都沒聽說吧？」

女商人跟對待親密的好友一樣，輕輕撫摸跑者的馬身詢問。

「畢竟妳一看到女性就會跑去跟人搭訕，也會想和對方聊天。即使不是認真的。」

她沒有立即回答。

在內院奔跑的馬人們精力旺盛的呼聲，於四周迴盪。還有教官的吆喝聲。

清風拂過，吹散悶在裡面的空氣及塵土。

不久後，閃電之眼像放棄掙扎般浮現一絲動搖。她緩緩閉上眼，嘆了口氣。

「話先說在前頭，我對她的跑法沒有任何意見。千萬別誤會。」

「我沒看過銀星號跑步。」

哥布林殺手的回答直截了當。

「對於沒看過的東西，無法評論。」

「原來如此。」

閃電之眼高興地笑成一彎新月。

「……我有稍微聽說，她是馬車夫（Coachman）帶來的。」

「馬車夫？」

「說要帶他們去好玩的地方，把馬人騙去賣的人。」

以為可以前往快樂島（Pleasure Island）的馬人，被當成愚蠢的驢子賣出去。

不諳世事，只想離群過著自由的生活，這樣的無知通常要付出慘痛的代價。

而冒險者很清楚，有些事情非得付出代價才有辦法得到。

「……買賣奴隸這件事本身是合法的。應該也有在不知情的情況下被買走，帶到養成所的人。」

女商人喃喃說道。

奴隸並不罕見，有人是戰爭的俘虜，有人是為了償還借款，有人是為自己犯下的罪行做出賠償。

只要認真工作，賺夠贖身費即可，本身沒有什麼大問題。

僅僅是無時無刻都有濫用制度的人罷了。

「……講這種話雖然不太好，終於開始有都市冒險(City Adventure)的味道了。」

妖精弓手輕輕哼了聲。

她裝模作樣做出思考的動作，可是在上森人眼中，凡人的世界一向曲折離奇。

她乾脆地放棄推理，輕拍團隊頭目(Party Leader)的背。

「這種事歐爾克博格很擅長。我一頭霧水就是了。」

「我也沒有多瞭解。」

「什麼嘛。」

妖精弓手嗤之以鼻，不過她自己同樣猜不透事件的謎底。

一行人面面相覷，毫無頭緒。

「但這事跟被殺掉的教官和公主被人擄走有關嗎？」

「應該是教官目擊公主被抓走的瞬間，所以才會被殺……」

「歸根究柢，沒有證據證明貧僧等人在尋找的公主，跟銀星號是同一人物。」

「不清楚。」鐵盔左右晃動。「可是，有情報。可以把能做的事做好。」

意即這位小鬼殺手接下來另有打算。

——那就好。

妖精弓手滿足於自己心中的結論，瞄了馬玲姬一眼。

高昂的情緒似乎終於恢復鎮靜。

小小的馬人少女揉著哭紅的雙眼，緩緩抬頭，凝視閃電之眼。

「……那麼，公主殿下也是被人騙去賣掉的嗎……？」

「我也不知道。我只知道……」

高大的馬人跑者語塞了一瞬間。

不是因為良心不安，而是在顧慮她的感受。

她輕輕摸了最後一下，為馬人少女梳理髮絲後才開口。

「她跑步的時候看起來很自在。雖然妳可能不想接受。」

「不。」

馬玲姬晃著頭髮，搖頭否認她最後補上的那句話。

「我知道妳是認真看待比賽了。明知如此，還對妳口出惡言。對不起。」

「沒關係。可愛的女孩對我說什麼，我都會高興。」

擁有閃電之眼的馬人莞爾一笑。

這抹笑容十分適合那英俊的相貌，卻像個天真無邪的少女。

如花般綻放的微笑——讓人察覺到她實際的年齡比成熟的氣質更加年輕。

「覺得內疚就為我聲援吧。我想將勝利獻給像妳這樣可愛的女孩。」

「別、別逗我了……」

即使如此，這種態度還是不太好。

馬玲姬立刻羞紅了臉，不耐煩地回應，她的微笑隨即轉為淘氣的笑容。

幾位在練習跑步的馬人少女停下腳步看著這邊，真拿她沒轍。

「哎呀。」

蜥蜴僧侶感慨地搖晃長脖子，轉動兩顆眼珠。

「是個好女人。她若是蜥蜴人，貧僧絕不會放過。」

「你在說什麼啊。」

妖精弓手鼓起臉頰，用手肘撞蜥蜴僧侶的側腹。

「可惜。」她閉起其中一隻炯炯有神的閃電。「我喜歡的是可愛的小姐。」

「妳真是的。」

這次輪到女商人無奈地嘟嘴。

§

「出去一趟。」哥布林殺手說。「要怎麼做？」

「我也一起去……！」

事情發生在剛從跑者養成所（Aurigae Ludus）回來後。女神官二話不說地回答。

夕陽西下，暮色覆蓋上空。再過不久，夜晚就會如浪濤般襲來，吞沒城市。

妖精弓手憂鬱地——上森人只是欣賞風景，就美得像幅畫——在窗邊看著這一幕。

「我就不去了。好累……」

翡翠色的雙眸望向屈膝坐在房間角落的馬玲姬。

「而且我有很多話想跟她說。」

「可以嗎……？」

「哪有什麼可不可以的，就是這樣。別想太多。」

妖精弓手擺擺手，女神官點了下頭。

有時候，與其一直待在她身邊，讓她跟不同的人接觸或許比較好。

——肯定沒錯。

因為比起自己這個凡人，馬玲姬應該有跟身為森人的她更合得來的地方。

聽見她們的對話，礦人道士和蜥蜴僧侶互相使了個眼色，點頭。

「那咱們去找那些教官問問看唄。行吧？長鱗片的。」

「行，行。找家好店請他們喝杯酒便是。」

「你只是想去喝酒吧。」

妖精弓手輕笑著挖苦蜥蜴僧侶。

不過，這語帶諷刺的部分，同樣是夥伴們之間一如往常的交流。

哥布林殺手掃了眾人一眼，嚴肅地說：

「那麼，拜託了。」

女神官並非無所不知，不過都市冒險似乎就是如此。

跟平常一樣，各自做好分內的工作。

——這麼說來。

很久以前，在水之都的冒險也是這樣。女神官揚起嘴角。

夕陽染紅街道。豬牙舟（Gondola）緩緩於水路航行。甜美又冰涼的冰品。

結果，來到這座城市的時候都在冒險，沒空慢慢逛街。

「氣氛感覺比之前平靜呢。」

「是嗎？」

「是的。」女神官邊走邊點頭。「雖然只是稍微有這種感覺。」

「是嗎？」

也許是因為把哥布林除掉了。無疑是件好事。

走在旁邊的哥布林殺手，語氣比平常柔和一些，女神官的腳步也變得更加輕盈。

然而——

不甚熟悉的城市的陌生街道，比迷宮更加複雜。

放眼望去盡是石板路和石造建築物，水路的水聲從四面八方傳來。

和哥布林殺手並肩而行的過程中，女神官迷失了方向。

現在叫她回神殿，她實在不覺得自己回得去。

競技場明明也在同一座城市，卻連位於何處都不太清楚。

哥布林殺手大剌剌地走進巷子深處，女神官努力跟在身後。

高聳的建築物於地面投射出長長的影子，陰影搖晃，夕陽愈沉愈深。

「那、那個，我們要去哪裡……？」

「不知道。」

「不知道……」

就這麼一句話。

連女神官都不禁臉頰抽搐，假如櫃檯小姐在場，八成會露出苦笑。

有辦法把它當成耳邊風的，只有在邊境小鎮等他回去的牧牛妹。

「不對。」哥布林殺手發現自己的表達方式有誤，簡短補充道：「有記號。」

「記號。」

哥布林殺手指向用粉筆畫在巷子角落的小小圖案。

看似孩童的塗鴉，不經人提醒，或者是不在刻意尋找的前提下就不會發現——

——啊。

好幾塊記憶如同閃爍的星光，沒頭沒尾地於女神官腦內拼湊在一起。

「這是盜賊公會（Rogue Guild）的……？」

「暗號。」哥布林殺手說。「聽說是灰色魔法師傳承下來的傳統。」

盜賊公會。罪犯的組織。聚集著從事見不得光的工作的人。女神官下意識繃緊身體。

並非出於厭惡感。她受過他們好幾次的幫助。

——可是會緊張的時候就是會緊張……這很正常吧……

「我跟過來沒關係嗎……？」

「若有關係，會說。」

這句話簡短且冷淡，女神官卻面露喜色，精力充沛地點頭。

「好的！」

既然如此，她該做的只有相信他跟上去。

根據以往的經驗，她當然沒有仔細調查記號，更遑論記下形狀。

確認完記號後，她便將形狀深深記在腦海。

哥布林殺手對於像隻小狗般小步走在後面的女神官，不知道是怎麼想的。

他不是討厭沉默的人。因此，他在沉思的時候，代表他是在思考該如何表達自己的意思。

「不必記住。」他說。「不是所有冒險者都該知道這個規矩。」

「是嗎？」

「我是因為需要，才去記。」

哥布林殺手隨意地在巷子轉彎，走向十字路口的深處。

女神官拚命跟隨頭也不回的他。

「妳的話，找個斥候(Scout)同伴就行。」

單純是「和我不一樣」的意思嗎？女神官不太明白。

或者也有可能是在指，女神官總有一天會離開這個團隊(Party)。

——這種事。

感覺是有可能發生的未來，也像永遠不可能發生的事。

不對，只是在指暫時和其他冒險者組成團隊（Party）的時候吧。

——嗯……

肯定沒錯。女神官下達結論。這個人會把該講的話說清楚。

他所說的話沒有另一層意思。這點小事她也知道。

「但有必要知道，這種東西是『存在』的。」

「是。」

女神官老實回答。

奇妙的是，他們明明走在暗巷之中，喧囂聲卻愈來愈大。

——是因為靠近大街嗎……

不出所料，正是如此。

女神官跟著哥布林殺手來到的地方，絕對不是髒亂的小巷。

反而跟白天去過的競技場相似，高雅美觀，氣氛平靜的街景深處。

高級旅店林立，美味料理及芳醇美酒的香氣隱約從餐廳飄出。

裡面有家會令人誤以為是王公貴族豪宅的——賭場。

§

——全是嶄新的經驗。

踏進賭場的瞬間，女神官不禁停下腳步，眼睛眨個不停。

活到現在，她從來沒有聽過這麼壯闊的金幣碰撞聲。

然而，她很快就明白那不是金幣，而是用來當貨幣的小牌子（Chip）。

儘管如此，這裡的金幣總量，肯定遠比女神官這輩子看過的還多。

身穿各式各樣美麗禮服的紳士淑女，聚集在那裡。

女神官跟著哥布林殺手走進去，不由得四處張望。

鋪著綠色羅紗（Raxa）的桌上，那邊的人在扔出牌子，這邊的人在擲出骰子。

對面有座縮小到能放上桌的競技場。

仔細一看，他們在桌上用馬人的棋子競賽。

拿出牌子讓棋子前進，時而發出國王陛下萬歲（Ave Caesar）的呼聲。

用看的跟親自參與比賽，興奮度果然無可比擬。凡人沒辦法像馬人那樣奔馳。

有人享受著用五顆骰子骰出同樣的數字，也有人骰出三個一。

另一張桌子也熱鬧進行著移動兩個劍士棋子拉近距離的遊戲。

除了拿刺劍的槍手，也有以美麗的花之女神為造型的棋子。
全是傳統的盤上遊戲，但同樣有許多罕見的東西。
女神官對於考驗玩家能從陷阱重重的迷宮帶出多少財寶的遊戲，也有點興趣。
潛入深處可以拿到更多財寶，也很可能中了陷阱，失去一切。
穿著暴露的美麗少女們，害女神官不敢直視。
她一瞬間以為是兔人，卻從頭髮縫隙間看見凡人、森人或礦人的耳朵。
意思是，那應該是兔耳造型的頭飾……
——不能帶她來這裡。
看見令人目不暇給的各種遊戲，女神官想起在神殿等待的友人，微微一笑。
啊啊，不過，跟妖精弓手和女商人那幾位朋友一起來，想必很愉快。
馬玲姬八成會板著一張臉就是了……
「……不知道有沒有戰爭遊戲(Hnefatafl)。」
她不經意地心想。在北方玩過的那種遊戲非常有趣。
「好奇的話，要不要去試試。」
「啊，沒有，這怎麼行……」
哥布林殺手忽然回頭詢問，女神官急忙擺手。
若不拒絕，他可能會拿錢給她，豈不是跟小孩沒兩樣？

——而且。

大步踏進高級遊樂所的骯髒鎧甲，以及身穿沾著灰塵的神官服的小丫頭。

她慢半拍才發現，四面八方都射來把他們當成沒教養的人的視線。

怎麼說呢，有種不該出現在這裡的感覺。女神官不禁用雙手握緊錫杖。

「那個，要到這裡的話……從大街上過來不就行了……？」

「重點不在要去哪裡，而是要如何前去。」

儼然是謎語（Riddle）。

——不對……

正是謎語（Riddle）。

在記號的指引下，按照正確的道路來到這裡。那就是暗號。

因為，瞧。

「密斯特先生。」

一名身穿黑色禮服，疑似賭場職員的美男子，靜靜走向兩人。

女神官也透過冒險多少累積了一些經驗。恐怕是受過斥候訓練之人。

他還像對待王公貴族一樣，優雅地鞠躬。

「請跟我來。您的同伴……」

「唔。」

哥布林殺手沒有馬上回答。

女神官依然雙手握著錫杖，反射性挺直背脊。

「這次，」他開口說道。「習慣外面的氣氛。」

「啊，好、好的……！」

女神官很高興他沒有叫她在這邊枯等，沒有將她獨留在外。

因為她覺得，這句話彷彿在告訴她，這裡也有許多該學習的事。

「路上小心。」

女神官深深低下頭，哥布林殺手背對著她，邁步而出。

職員緊跟在他旁邊，帶他前往賭場內部。

哥布林殺手的視線，在鐵盔底下往職員身上移動。

「能否顧一下她。」

「當然，我都知道。密斯特先生。」

「我想也是。」

用不著多說。不過，說出口的頻率好像增加了。

那位少女罵過他好幾次，不說出口別人就不會懂。

——意即。

自己是不是有所成長？雖然他實在不懂。

至少，那個女孩長大了。
因此，哥布林殺手有點不想帶她進裡面的密室。
華麗賭場的另一面。拐了好幾個彎抵達的最深處。
她該知道的是有這種場所可以拿來利用……而非更加深入的事。
跟餐廳的包廂一樣氣氛平靜……卻一扇窗戶都沒有的密室。
彷彿下一刻就會端來酒與餐點的桌上，只放著杯子。
隔著桌子和他相對而坐的職員，以彬彬有禮的動作伸出手。
哥布林殺手如同一臺機器做出回應。
「這位客人，請您放輕鬆點，別那麼拘束。」
「那就不客氣了。借一杯一椅打聲招呼，還請讓我先來。」
「感謝您的多禮。不過如您所見，我是個粗人，讓我先來吧。」
「你也看到我是幹哪行的，讓我先吧。」
「不不不，密斯特先生還是之後再說吧。」
「不，你才該之後再說。」
「那麼，我就恭敬不如從命了。不好意思，您請。」
「以這副模樣問候還請包涵，晚輩生於西方邊境開拓村，師承木桶騎士，以殺
小鬼維生。」

「初次見面有失遠迎，老闆不在，由敝人僭代，敝人是人魚亭的店長。」

「感謝你願意賞臉。還請抬起頭來。」

「不不不，請先生您先抬頭。」

「這樣我很困擾。」

「那麼乾脆一起吧。」

「還請多多關照。」

「悉聽吩咐。」

激烈的對話。兩人遵循格式，迅速卻仔細地講完一連串應酬話。

不久後，他們同時抬起手，看著對方。

「這件事需要店長親自出面嗎？」

「總不能對偉大的銀等級冒險者失禮。」

男子維持在不至於無禮的程度，仔細看著小鬼殺手的鐵盔。

「更何況是木桶騎士——忍者的弟子。」

「老師——」話說到一半，他加以更正。「師父是師父。我沒有拿他當靠山的意思。」

「現在不是該不擇手段嗎？」

「感謝你的好意，可是，萬一師父的招牌磨損到再也不能用，我會挨他的罵。」

「既然您這麼說。」

男人仍舊面帶微笑，恭敬地開口。

「深受劍之聖女大人的寵愛，將這座城市地下的小鬼殲滅之人。密斯特先生。」

聽見這個稱呼，哥布林殺手不悅地發出咕噥聲。

再怎麼想，他都沒資格被人這樣叫。又不是赫赫有名的劍術高手。

「您找黑手（Runner）有事嗎？」

「不，需要情報。」

「當然有在提供。」

「想打聽擄走馬人——叫什麼來著。」

哥布林殺手默默思考。比怪物的名字好記多了。

「叫馬車夫的傢伙的情報。」

「噢，銀星號……」

賭場——不，盜賊公會的職員點點頭，表現出知情的態度。

「……這個嘛，她對我們來說也是熱門的投注對象，我們確實有在關注。」

他邊說邊輕輕拍了下手，似乎是在叫其他人過來。

不久後，一名儀容端正，看不出是盜賊的女性，從門口端來餐點。

是水之都的名產。用油煮過、炸過的魚蝦，還有葡萄酒。

倒入不同酒杯的酒來自同一個酒壺，應該是盜賊公會想證明那壺酒是安全的。

哥布林殺手卻默默推辭。

「還在工作。」而且。「聽說這是工作完後，該由整個團隊（Party）一起吃的東西。」

「那還真是不好意思。確實如此。那麼請容我潤潤喉……」

職員輕啜了一口葡萄酒，沾溼嘴唇。

「其實，偶爾會有擔任跑者的馬人失蹤……稱不上稀奇。」

——聽說。

創下傳說中超前十馬身以上的紀錄的知名跑者，被主人的競爭對手或其他人擄走，自此下落不明。

教官在遠征途中猝死，索性直接賣給當地人。

訓練所的主人破產時通通被帶走，大概是要連夜逃亡或拿去抵債。

突然不再上場比賽，下場無人得知。

馬人被捲入凡人的鬥爭，並不罕見。

當然，會在途中插手的違法奴隸商人也是存在。不過……

「不是只有馬人會遇到這種事。有些人會為馬人抱不平，但您知道的。」

「嗯。」

她們很可憐，所以別再讓馬人奔跑了——根本是痴人說夢。

為奔跑而生的人。看見她們在競技場上盡情奔跑的美麗模樣，就會明白。無論有多少人因為爬不上頂端而受到挫折，也改變不了競技場上有榮光及夢想的事實。

叫馬人再也不要跑步，其實比擄走她們更加殘酷吧？

跟因為有危險就叫冒險者別去冒險一樣。

當然也有被當成奴隸賣掉的跑者。

可是，同樣也有沒有其他路可走的冒險者。

沒人有資格否定別人選擇的道路。

這點小事，哥布林殺手也明白。

「但我要問的，不是誰擄走了銀星號。」

「哦。」

「若問了就能得知答案，銀星號早已重返賽場。」

「確實。」

「再說，那是我的……」

他稍事停頓。直到現在，他還是會猶豫該不該稱之為冒險。

「想知道的，」哥布林殺手說。「是哥布林的情報。」

間章

『小心友人』

Contact

Goblin Slayer

He does not let anyone roll the dice.

「前輩，前輩，請跟我交換……!!」

「咦咦……？」

看見兩位跑到員工休息室的少女，紅髮森人驚呼出聲。

暴露的皮衣、在頭上搖晃的兔耳飾品，臀部裝著白色的尾巴。

她正在照鏡子檢查儀容，奇怪的姿勢剛好被她們看得一清二楚。

——我還真是……

老實說，她覺得自己的身材沒什麼料，打扮成這樣非常奇怪，不過這也是工作。

幸好長期共事的那位少年並無不滿。

然而，侍奉至高神的冒險者臉紅的原因，並不在於這身衣服。

「我不想被她看見我穿成這樣啦……！」

「我倒覺得不用那麼緊張哩……」

© Noboru Kannatuki

被推著走進員工休息室的另一名少女，頭上有對白耳在搖晃。

沒戴手套的雙手和裸露在外的雙腿都長滿了毛，是真正的兔人。

看她輕浮地在賭場跳來跳去，紅髮少女本來還在擔心會不會撞到客人。

——結果她全都閃開了。

雖然紅髮少女的資歷沒豐富到足以被人尊稱為前輩，她對這位靈活的兔人心生佩服。

因此，她清了下嗓子，以盡量拿出前輩的風範，表現出可靠的一面。

「怎麼了？剛才不是才接獲指示，要妳們陪著客人？」

「是沒錯……」

「還是跟那個男生吵架了？」

「那傢伙待在後門，跟他沒關係啦！」

至高神聖女抱著胳膊激動地否認，以掩飾害羞。

——記得他們是三人組。

戰士、神官，兔人少女大概是斥候（Scout）或獵兵（Ranger）。她翻閱腦中的記事本。

由於只是臨時工，便從邊境僱用冒險者團隊（Party）擔任賭場的警衛。

找當地人的話很可能是客人，萬一他們和其他客人勾結就麻煩了。

有時委託外地的冒險者公會派人擔任警衛，並不稀奇。

——應該吧。

從這個角度來看，自己在某種意義上可以說是異類（Irregular）。紅髮森人微微一笑。

「那怎麼了？是危險的客人？去找保鑣（Enforcer）——」

「是我的朋友……！」

「……啊…………」

那還真是沒什麼好說的。

——嗯，的確，我能理解她的心情。

假如他在一無所知的情況下來到這裡，自己也會不知道該如何應對。

不對，不只是他，換成知識神神官、那隻白色野獸或其他朋友，她也會表現得形跡可疑。

現在他們在其他地方待命，所以用不著擔心，不知道是否該慶幸。

「又不是奇怪的工作，在這邊也能見到那位姊姊，我很開心耶。」

「是啦……捍衛賭局的公正性，也是至高神的任務，可是……」

至高神的聖女堅持，這跟收穫祭上的祭神舞穿的服裝不同。

「是這樣咩？」

白兔少女悠哉地搖晃耳朵。

「那不重要啦，我肚子餓了。」

「獸人真的很容易餓。」

紅髮森人輕輕「嘿咻」一聲，從鏡子前面站起來。

「休息室的餅乾可以吃。我代替妳們出去。」

「哇！謝謝！」

「不好意思，前輩。謝謝妳……！」

「別客氣別客氣。」

紅髮森人朝後輩（這樣叫她們挺難為情的）揮手，離開員工休息室。

——反正我本來就差不多該到外面。

她沒打算告訴她們就是了。

即使如此，要扮成兔人——為什麼非得穿成這樣？——前往賭場，還是需要時間做好心理準備。

一踏進賭場，大量的客人就立刻往她身上看——

——是錯覺，是錯覺。

畢竟來這間賭場取樂的客人，八成都是來玩遊戲的。

真正非得靠賭博才能維生的人，不該出現在這個上流階級的社交場。

紳士淑女的注意力應該都放在同伴身上，就算有落單的客人，除了她以外還有好幾位兔女郎。

——得抬頭挺胸才行。

焦慮地東張西望，反而會引人注目。

喀。紅髮森人踩著穿不習慣的高跟鞋，挺起平坦的胸膛向前邁步。

那麼，上頭要人陪著的客人坐在哪裡？記得號碼是——噢，找到了。

有位身穿神官袍，在這個地方顯得格格不入的少女。

比起無所事事，她的反應更接近興味盎然，坐在休息用的椅子上東張西望。

整齊併攏的雙腿上放著一根錫杖。地母神的神官。一定是冒險者。擁有一頭金髮。可愛的少女。

「咦……？」

「啊……」

紅髮森人萬萬沒想到，她竟然也是自己認識的人。

少女眨著眼睛注視她，看得出她同樣認出了自己。

「那個，呃，我們在東方見過面，對吧？」

「嗯，真巧。原來妳是冒險者。」

紅髮森人勉強扯出微笑，沒有讓表情僵在那邊。她是這麼認為的。

不曉得自己有沒有羞紅了臉。希望能靠平常沒在化的妝遮住。

——可是，某方面來說輕鬆多了。

對她可以不用講那些奇怪的應酬話，無須在意禮節。

紅髮森人在內心鬆了口氣，坐到女神官旁邊。

「來這裡玩的？」

「不，是來辦事的。啊，不對，不是我，是團隊（Party）的人——」

「這樣呀。」

她的回應聽起來很隨便，卻把大致的情況都猜到了。

畢竟在沙漠之國遇見她的時候，也是在**那家店**。

——應該是找裡面的人有事吧。

和她差不多。有緣也是理所當然，或者說無可奈何。

「妳為什麼會在這裡……？」

「來賺點錢囉。」

紅髮森人微笑著給予模稜兩可的答案。當然不是謊言。

疑心病重到會隨便對人用「看破（Sense Lie）」——即使只是虛張聲勢——的神官，沒那麼容易遇見就是了。

不相信人的神官，不可能有辦法相信神明。想到那位神官朋友，更加堅定了她這個想法。

然而，讓強迫觀念深植於心中，對黑手而言是必須的。

——而且我也是真的缺錢……

雖說不至於第一張牌就得買下黑蓮花，魔法師想湊齊手牌，經常需要耗費鉅款。

「……這家店真壯觀。」

女神官識相地中斷涉及他人經濟狀況的話題，將視線移向賭場中央的舞臺。

那裡不知何時從裡面搬來一個裝滿水的巨大玻璃櫃。

「我從來沒看過那麼大的玻璃盒。是水槽嗎……？」

「嗯，人魚舞者會在裡面跳舞。今晚的表演等等就會開始了吧。」

「哇……！」

所以才叫人魚亭。紅髮森人一面和女神官閒聊，一面觀察客人。

該找的是——

——格格不入的人。

跟這位女神官一樣，本來不該出現在這裡。

卻和她不一樣，儀容不整、不懂禮儀，乍看之下空有財富的傢伙。

有能力踏進這個地方，滿足於自己的身分，沉醉其中的人物——

「……妳是因為委託才來水之都的？」

「是的，但我不曉得能透露多少。」

這段期間，對話仍在持續。她在閒話家常的同時，謹慎注意賭場。

——某方面來說，她幫了大忙。

扮成兔人的侍者可不能遊手好閒，看著客人發呆。

現在這樣遠比四處走動，好讓自己看起來不是沒事做來得好。

不知道是「宿命」還是「偶然」的引導，真該好好感謝……

「是來找被擄走的人的。」

「擄人犯啊。」紅髮森人反射性罵道。「那種人最垃圾了。」

「呃……？」

「啊，沒事。抱歉。」

這可不行。紅髮森人於心中反省，苦笑著打馬虎眼。

容易表現出對人口販子、擄人犯的偏見，無疑是不利的特徵。

——得多多積德(Karma)才行。

就像這名懷疑地，不如說擔心地看著她的少女。

因此，這次的工作搞定後，或許可以去地母神寺院參拜一下。

看見出現於賭場角落、目露凶光的男子，她輕輕點頭。

「啊，開始了……！」

女神官嚷嚷道。賭場裡的燈一盞接一盞關掉，暗黑覆蓋周遭。

緊接著，舞臺上的水槽濺起水花，觀眾放聲歡呼。
紅髮森人無視這一切，嘖了一聲，朝自己的腳邊下達指示。
沒人發現那道影子迅速滑動，衝向店外。
何況是動物形狀的影子，注意力都集中在臺上的人們，根本不會關心。
剩下只要緊盯著那男人即可。儘管還不能鬆懈，事情算是告一段落——
「啊。」
「……！」
女神官忽然驚呼時，紅髮森人嚇得肩膀一顫。
被發現了？她轉頭望向她，女神官注視的是截然不同的方向。
她的視線前方——是寒酸得令人懷疑自己有沒有看錯，穿戴廉價鎧甲及頭盔的冒險者。
——從裡面的房間出來的？
意思是——思及此，紅髮森人將那個想法一把扔掉。
被好奇心殺死的貓與跑者，在四方世界多不勝數。
「那個，我該走了。」
「是嗎，小心點。」
所以，她期望的是幸運。

女神官急忙起身，紅髮森人以個人的身分對她說道。

因為，於城鎮暗影下狂奔的跑者，以及光明正大走在四方世界格子(Hex)上的冒險者。

有時會爭鬥，有時也會互相交流。

「對了，我的朋友好像也在這裡工作，剛才有看到她們一下……」

本來想去打聲招呼，可惜她們很忙的樣子。

女神官惋惜地說，紅髮森人苦笑著回答：

「我會幫妳跟她們問好。」

「謝謝！那個，還有……」

少女小跑步了幾步，最後轉頭面向她，臉頰因困惑而泛紅。

「為什麼大家都要扮成兔子……？」

「……別問。」

紅髮森人以手掩面。

第4章 『揪出幕後黑手』

Goblin Slayer
He does not let anyone roll the dice.

「結果查到了什麼？」

妖精弓手(Elf)任憑草原上舒適的微風吹拂髮絲，開口問道。

碧空如洗，白雲像柔毛似地飄在空中。

水之都的城門外。

過了一晚，收集完情報的冒險者於此處集合。

「那位教官——」

蜥蜴僧侶(Lizardman)緩緩抬起尾巴，轉動長脖子面向妖精弓手。

「似乎在為錢所苦。」

「哎，實際情況跟這有點出入。」

礦人(Dwarf)道士的應和聲如打鐵聲般鏗鏘有力。沒有比礦人(Dwarf)更適合這個形容的種族。

同樣在晚上前去酒館打聽消息的礦人(Dwarf)道士，以藍天當下酒菜喝了口酒。

「聽說，那人過著與工資不相襯的奢侈生活。」

「什麼意思？」

「就算是妳也知道，金幣不是種進土裡就會長出來的東西吧？」

「沒禮貌！」

妖精弓手長耳倒豎。

知道她有多揮霍的女神官，發出無力的笑聲。

「代表他會透過其他手段賺錢囉？」

女神官看著默默走在前方的小鬼殺手，感到疑惑。

「如果他有從事副業，那還能理解……」

不過前幾天去養成所參觀的時候，教官看起來並非如此輕鬆的工作。

更正確地說，既然工作那麼辛苦，應該能領到不錯的工資……

「生活奢侈到那麼多錢都不夠花，當然會為錢所苦囉。」

總是心血來潮就買玩具或其他東西堆在房間的妖精弓手點頭說道。

實際上，舒服地眯著眼睛，大步走在草原上的模樣，確實與孩童無異。

那自由奔放的模樣卻美麗如畫，可謂森人的特權。

這個人待在大自然中的時候，果然是最漂亮的。

女神官如此心想，悄聲詢問妖精弓手。

「昨晚怎麼樣……？」

「沒怎麼樣，就只是聊了下。」

妖精弓手癢得抖動長耳，回答友人。

她使了個眼色，望向在草原上前進的馬玲姬（Baghatur）。

她不再像昨晚那樣沮喪，表情卻很僵硬。

年幼的馬人（Kentauros）少女緊抿雙唇，直盯著前方。

或是盯著默默帶頭前進的邋遢冒險者。

只有於頭上高高豎起的馬耳朝著旁邊，以免漏聽他們的對話。

「……為錢所苦，就把公主賣了？」

「想確認的話，只能把當事人的頭殼掀開來看囉。」

就算帶死靈占卜師（Necromancer）過來都沒得救。礦人道士笑道。

本來，讓死者的靈魂回歸生與死的循環，才是善良的死靈占卜師（Necromancer）的做法。

將為死者斬斷留戀的方式拿去解決現世的紛紛擾擾，乃生者自私的行為。

「所以，嚙切丸是想去調查現場……」

「不。」

將一行人帶到郊外後從未開口的男子，咕噥了一句。

「來找哥布林的痕跡。」

冒險者面面相覷。

他們臉上的表情，應該是「真服了他」和「我就知道」的意思。

參雜無奈、習以為常、親切、徒勞感，團隊（Party）成員共同的感受。

馬玲姬當然無法體會，激動地大吼，彷彿要拔出大刀。

「尋、尋找公主殿下才是你的任務吧……!!」

「沒錯。」

哥布林殺手的回應則直截了當，如迎頭砍下的刀刃般銳利。

「說起來，那個叫馬車夫的傢伙，以及犯人殺掉教官的動機，都與銀星號的下落無關。」

這個意見實在令人錯愕。

冒險者再度面面相覷。連馬玲姬都無言以對。

不久後，妖精弓手做為代表尖聲問道：

「……你的意思是？」

「字面上的意思。」

「就是因為聽不懂我才會問你。」

哥布林殺手「唔」了聲，重新說出自己的看法。

「至少馬人公主被抓走，跟她從這座城市消失無關。」

「確實繞太多圈子了。」

蜥蜴僧侶點頭補充。

蜥蜴人(Lizardman)一根根彎起長鱗片的手指的指甲。

「哄騙她離群，擄走後拿去賣，殺死教官再將其擄走。」

他一一陳述——嗯，的確說不通。

礦人道士灌下一口酒，吐出帶酒味的氣。

「若犯人打的是把她抓回來再拿去賣一次的如意算盤，也有更好的方法。」

這麼簡單的道理，那位礦人賢者不會不明白。

雖然那僅僅是創作，礦人並不喜歡被拿來跟他相提並論。

「……計畫還是盡量簡單明瞭一點，比較容易順利進行。」

聽著一行人的對話，女神官豎起食指抵在唇上，喃喃說道。

她很聰明。即使缺乏經驗，也能從前輩身上逐一吸收知識。

「如果她逃走了，不是回到城市，就是回到部落。既然兩者皆非，抓走她的……」

受到眾人薰陶的她，只要冷靜思考——即可得出答案。

「原來如此，確實是哥布林。」

「咦咦……」

妖精弓手神情扭曲，馬玲姬困惑地用馬蹄撥弄草地。

「所以公主殿下到底怎麼了……!!」

「一名少女在城外失蹤。有小鬼在附近徘徊。」

哥布林殺手冷靜陳述事實，接著斷言：

「既然如此，就該當成是哥布林抓走的。」

§

疑似事發現場的地點毫無異狀，若非事先得知情報，還真看不出來。

草與泥土。雨水洗盡一切，看不見殺害的痕跡和誘拐的痕跡。

哥布林殺手卻毫不介意，趴到地上把手伸進草叢。

「大主教（Archbishop）不知情，代表冒險者公會沒接獲小鬼出現的情報。」

為了確認銀星號與馬人公主的關聯而前往競技場和養成所，並非徒勞無功。

但他想必是在看不出有任何必要性的情況下，持續探索至今。

「所以，我去問了地下社會的人。沒打聽到小鬼的情報，倒是有可疑魔法師的消息。」

「魔法師？」

「對。」

他簡短回答礦人道士的問題。

「聽說有個怎麼殺都會復活的不死身魔法師，跑到了西方邊境。」

「不死身啊。」礦人道士不屑地哼了聲。「唬人的唄。」

在這個四方世界，那種東西有史以來從未出現過。

連上森人都會死，哪可能輕輕鬆鬆即可復活。

勇者藉由諸神的神蹟——真正意義上的神蹟——重返人間。

復活這種事，只存在於敘事詩中的其中一幕。

不死身，那樣的生物不可能存在。稱殭屍為不死也荒謬至極。

因為那些傢伙**已經死了**。

「不過，我遇過幾次帶著小鬼的那些傢伙。」

至少西方邊境突然出現小鬼的流浪部族。

以及有一名少女在城市附近失蹤。

其他人應該會更仔細地查看、觀察、調查、推理。

可是從這男人的角度來看，全是小鬼幹的。

「不會有錯。」

哥布林殺手肯定地斷言。

「……這就是所謂的都市冒險嗎？」

「我不覺得……」

妖精弓手捂著臉，拚命試圖糾正女神官的觀念。

可是，八成沒什麼用。這名少女正逐漸遭受荼毒。

——啊啊，討厭，結果還是哥布林……！

詛咒「宿命」及「偶然」。

上森人可不會粗俗地怒罵「Gygax」。

「有證據嗎——」

「找到了。」

哥布林殺手從草叢裡抓起野獸的糞便。

狼糞——或是惡魔犬（warg）的糞便。

妖精弓手眉頭緊皺，用優雅的上森人語言簡短罵了一句。

女神官不知道那是什麼意思，聽起來像在吟詩。

「……為何沒人發現？」

「那些人找的是馬人的蹄跡或足跡，不是小鬼。」

「……那麼，公主殿下真的被小鬼抓走了？」

「不清楚。」

馬玲姬走過去觀察那坨野獸的糞便，瞇起眼睛。

以她的知識判斷，確實是惡魔犬的糞便。

這男人——邋遢的男人，不是在隨口胡謅。

若他是那種人，妖精弓手和女神官也不會與他為伍了。

「所以，要去確認。無論如何，哥布林就要全部殺光。」

鐵盔面罩的底下藏著什麼樣的眼神，馬玲姬不得而知。

不過，妖精弓手雖然一臉無奈，還是雙手交疊於腦後，接受他的決定。

女神官緊握錫杖，凝視平原的另一端。

這兩件事，她清楚明白了。

「有問題嗎？」

馬玲姬回答：

「……沒有。」

§

於是，冒險者們再度開始在曠野上前進。

背著行李，徒步前行。

若要漫無目的地於草原上前進，馬車的靈活度較低。

既然如此，大可回歸原點，就算會有人說這種方式傳統（Classical）。

這可是第一個穿上閃亮鍊甲（Chain Mail）的冒險者創下的傳統。

他們在刻在四方世界的方格（Grid）及六角格（Hex）上前進。

「……要去哪？」

「找哥布林。」

馬玲姬與小鬼殺手的對話沒有不平及不滿，純粹是疑問及確認。

陽光照在沒有遮蔽物的草原上，跟沙漠一樣毒辣。

值得慶幸的是腳下的沙子不會反光，所以沒那麼熱。

然而對冒險者來說，現在的氣候固然難受，卻稱不上嚴峻。

森人、礦人，更遑論蜥蜴人，都絕非適合長距離步行的種族。

他們之所以有辦法戒備周遭，一直踩在草地上前進，全是拜經驗所賜。

在這種狀況下，經常是凡人占壓倒性的優勢。

汗如雨下，氣喘吁吁，依然能默默走下去。

明明單純的速度及力量，應該都不如其他種族——

「據說凡人是不會放棄的種族，其實也是有極限的。」

妖精弓手看著走在前面的女神官的背影，笑道：「真服了她。」

以前那麼嬌小、纖細、柔弱的身影，如今已成長得如此出色。她既高興又寂寞。姊姊的忠告，現在她稍微能理解了。

「還好嗎？」

「……我，沒問題……」

因此，她詢問在旁邊咬緊牙關的馬玲姬，以掩飾這份心情。

馬人少女乃遊牧民族，基本的長距離移動當然不在話下。

儘管如此──她並不習慣默默行走將近十里的距離。

就算中途有稍事休息，還是抵擋不了蓄積於體內的疲勞。

「勸妳別硬撐。緊要關頭時可是要上戰場的。」

礦人道士很清楚重頭戲還在後頭，對馬玲姬伸出手。

厚實的手掌上，放著不曉得從哪弄來的杏桃乾。

「……謝謝。」

「小事一樁。」

共同行動了數日，起初帶刺的視線也變得柔和不少。

也有可能只是因為她現在沒力氣，少女老實地拿起杏桃乾。

「啊，我也要！」

「妳是小孩子嗎？」

「又不會怎樣。」

礦人道士將杏桃乾分給上森人，仰頭灌酒。

太陽也該經過天頂，開始下沉了。

同樣在仰望天空的蜥蜴僧侶，朝前方吶喊：

「要是在這中暑就糟了。小鬼殺手兄！」

「嗯。」

聽見他的呼喚，哥布林殺手停下腳步。

走在旁邊的女神官也跟著停下。喀啷。手中的錫杖發出清澈的聲響。

「要紮營嗎？」

「是時候了。」

女神官也習慣旅行了，這是還在寺院時萬萬想不到的。

水之都、王都、雪山、森人的村落、沙漠、北海、迷宮和遺跡。

在這些經驗之中……

——對了，好像不常一直在曠野走路。

事到如今她才發現，覺得有點好笑。

明明她不知不覺就學會要在天黑前動手紮營了。

——這個人。

哥布林殺手，是否也經歷過那樣的冒險？

女神官懷著這個疑惑說：

「沒找到哥布林呢。」

「船到橋頭自然直。」

哥布林殺手瞪向綠色大海的四面八方，低聲沉吟。

「他們遲早會自己過來。」

§

接著，黑夜降臨。

紅與綠的雙月在空中綻放光芒，地上的火堆劈啪作響。

冒險者們各自休息，或者戒備周圍。

術師在沉睡，負責守夜的是戰士及獵兵。

首先是妖精弓手，因為她想好好睡一覺，不希望中途被叫醒。

一如往常，於四方世界展開過無數次的冒險一幕。

只不過——對不是冒險者的人而言，是陌生的狀況。

馬玲姬在代替床鋪鋪在地上的毛毯上扭動馬身。

因此，她靜靜走向屈膝縮著身子的馬人，也是很正常的行為。

「睡不著嗎？」

女神官壓低音量，以免干擾在守夜的同伴。

「…………………」

經過一陣漫長的沉默，她點頭回答：

「……對。在部落的時候，我們會搭帳篷睡在下面……」

「那個體積太大，我們很少隨身攜帶……」

「跟冒險者用的不同。我們的帳篷就是家。」

馬玲姬微微一笑。

在中央設置一根柱子，搭建屋頂，用柵欄圍住，然後蓋上布。

「有門，也有屋頂。裡面還有家具跟爐子。」

「連爐子都有……！」

女神官忍不住眨眨眼。她從來沒看過那種帳篷。

應該很大吧？竟然有能隨身攜帶的爐子。

無法想像。看見女神官孩童般的反應，馬玲姬瞇起雙眼，仰望天空。

「所以……睡在星星底下，實在靜不下心。」

「我也是……剛開始會非常緊張。」

女神官抱著雙膝坐到地上，靠著馬玲姬的身體。
第一次在外露宿，是什麼時候？跟大家一起去遺跡的時候嗎？
草原上的風寒冷刺骨，雙月及繁星的光輝亦然。
馬人的身體卻很溫暖。女神官為那股溫度鬆了口氣。
然後終於想起，自己是帶著水袋過來的。
「要喝嗎？」
「……嗯，要。」
馬玲姬垂下耳朵，意外坦率地用雙手接過水袋。
她在喝水之前，先滴了幾滴到右手的中指上。
將水珠彈向天地，才拿起水袋大口喝水。
「那是？」
女神官看過好幾次，她在吃飯時做出那樣的動作。
面對女神官的疑惑，馬人少女思考了一下。
「對天地的……感謝，吧。」
要怎麼說明？馬玲姬花了一段時間整理思緒，露出靦腆的笑容。
「養成習慣了。在思考意義前，就覺得這麼做是理所當然的。」
「噢……」

就像對她來說的祈禱。女神官點點頭。

所謂的信仰，本質上就是如此。

跟呼吸一樣自然，少了它就活不下去，未經思考就會去做。

——雖然。

自己實在沒辦法抵達那個境界。

「嗯……」

馬玲姬默默將水袋遞給女神官。

「啊，那個。」女神官猶豫片刻後，才接過水袋。「謝謝？」

「明明是妳的東西。」

「……說得也是。」

馬玲姬笑道「真拿妳沒辦法」，女神官害羞地搔著臉頰。

不知為何，她並不討厭別人這樣說自己。

女神官將摻了葡萄酒的水送入口中，吞下去。

馬玲姬盯著那被月光、星光、火光照亮的臉龐。

「……妳為什麼在當冒險者？」

這個問題在火花的劈啪聲之間脫口而出。

「為什麼……？」

「我不明白。姊姊為何離開，還有公主殿下跑到城市的理由。」

那是被留下之人所說的話。

女神官至今從未聽過的話。

「想戰鬥的話可以打仗。我們也會互相競爭，也能獲得榮耀。」

有朋友，有家人。有日常生活，有喜怒哀樂。

即使會四處遷徙，生活的地方絕對不會改變。

「草原很棒。」

馬玲姬在夜空下，看著無邊無際的黑暗大海說道。

風一吹，青草就在夜色中盪起波紋。綠葉的摩擦聲是浪濤聲。

「這裡就是我的故鄉。有什麼好不滿的？」

「這……」

「……昨晚我聽說，連森人的公主都離開故鄉。」

她的語氣像在詢問女神官，也像在自言自語。

「故鄉就……那麼討厭嗎？」

「……我不知道。」

女神官抱著雙腿把臉埋進其中，低聲回答。

「因為我不是公主，也不是姊姊。」

「……是嗎？也對。」

馬玲姬的語氣稍微和緩了一些。

是因為她沒有回答「因為我不是馬人」嗎？

還是因為沒有表現出莫名其妙的共鳴或同情？

女神官不得而知。

「可是，繼續當冒險者的理由——」

我知道。該這麼說嗎？女神官抱著雙腿咕噥道。

她還沒有熟練到那個地步。

有經驗更加豐富的冒險者。例如團隊（Party）裡的各位。

——哥布林殺手先生。

他又是如何？時至今日，女神官仍舊不知道他為何選擇這條道路。

繼續殺小鬼的理由，她知道。他相信那是必須做的事。

女神官也一樣。

保護、治癒、拯救。

從小刻在腦海的地母神的教義，成了她的人生指標。

那麼，為何她在當冒險者？

那——

一定是因為。

「想去冒險。」

答案僅此一個。

「冒險……？」

這次輪到馬玲姬納悶地眨眼。

「是的。」

女神官微笑著點頭。

她的聲音，肯定會傳進正在守夜的友人的長耳。

這令她有點難為情——卻對自己要說的話沒有一絲遲疑。

「因為，經常發生意想不到的事嘛。」

她作夢都沒想到自己會與龍交戰。

在北海跟女主人(Husfreya)成為朋友這種事，也從來沒想過。

還交到妖精弓手——和女商人、王妹這幾位難能可貴的朋友。

雖然跟王妹第一次見面的時候，她著急得不得了，非常生氣。

不全是好事，也有許多討厭、悲傷的回憶。

若能和第一次認識的同伴一起旅行，會是什麼情況？

到了現在，每次想到這件事，平坦的胸口都會隱隱作痛。

可是，假如沒有走上冒險這條路——

「就沒機會像這樣跟馬人公主聊天囉？」

「……我不是公主。」

「在我眼中就是公主。」

馬人部落，出身於武家的，有錢人家的大小姐。

也就是凡人的貴族、騎士家的千金。

——嗯，是公主沒錯。

和連雙親的臉都沒看過，做為孤兒在地母神寺院長大的自己不同。

雖然她其實只有年幼時期，為自身的境遇覺得不幸過。

那樣的自己現在能認識這麼多人，正是因為冒險。

「……別鬧我了。」

馬玲姬垂下耳朵。噘起嘴巴的臉紅通通的，並不是因為火光。

「呵呵，我沒有在鬧妳呀？」

「不，妳在鬧我，絕對……看妳的表情就知道。」

她瞇眼瞪向女神官。

女神官說著「沒有啦」，輕笑出聲。

其實她早該睡了，卻在熬夜跟朋友聊天。

肯定有人會罵她粗心大意。

然而，連這樣的時光都沒有的冒險，絕對不叫冒險。

微不足道，無罪的嬉戲。

可惜四方世界當中，存在連這點小事都不允許的傢伙。

率先發現的，是妖精弓手。

「……嗯。」

她搖晃長耳，飛快地伸手拿起弓箭。

小鬼殺手不可能沒察覺到她的氣息。

「……哥布林嗎？」

他以稱不上敏捷，卻相當熟練的動作坐起身。

妖精弓手對迅速繫緊裝備扣具的哥布林殺手點頭。

「真討厭。」

「好。」

「不好。」

「我同意。」

他不是在開玩笑，就是因為這樣才討厭。妖精弓手哼了聲。

這時，掌握狀況的女神官已經動身叫醒兩位術師。

「嗯喔……？」

「好像有敵人……！」

「竟然，竟然！」

礦人道士被搖醒，感覺到戰鬥氣息的蜥蜴僧侶用尾巴拍地。

抖動著巨大身軀緩緩起身的模樣，儼然是一隻龍。

「哎呀，草原的夜晚實在寒冷。不曉得是否有時間給貧僧暖暖身子。」

「要酒的話倒是有。」

女神官雖然有點緊張，還是微笑著說道。

面對戰鬥經常要保有一定的餘裕——至少要能開幾句玩笑。

儘管沒辦法跟那位女騎士在戰場上展現的風範一樣，模仿個幾成還是做得到的。

「數量多少？長耳朵的。」

「裡面混著惡魔犬的叫聲……」

礦人道士慢吞吞地爬起來，將裝滿觸媒的袋子拿到手邊。

他拍掉沾到袋子上的草，妖精弓手長耳一震。

「比三還多吧？然後一定沒有超過十。」

「那不就是妳能計算的極限嗎？」

「閉嘴啦礦人。」

一如往常的鬥嘴，此時也小聲了許多。

野獸的氣味。骯髒的惡臭乘風飄來。

「小鬼殺手兄是否早有預料？」

「多多少少。」

哥布林殺手對大口從水袋灌下葡萄酒的蜥蜴僧侶點頭。

他的雙眼透過鐵盔的面罩，透過青草的海洋，看著野獸燃燒著凶光的眼睛。

在他們眼中，八成覺得這些人是悠哉地露宿郊外的傻子。

「他們蠢到會在白天襲擊於平原上行駛的馬車，不可能放過晚上的篝火。」

「我的天。」妖精弓手眉頭緊皺。「你把我們當誘餌？」

「沒錯。」

「你這個人……」

「不過，有個好消息。」哥布林殺手說道。「看起來還不夠。」

不曉得是要抓來當活祭、人手，還是玩具，至少只有一位馬人還不夠。

既然敵人尚未達成目的，銀星號可能還活著。

可能性不是零，所以比一還要多。是個好消息。

「……我該怎麼做？」

這時，馬玲姬也穿上鎧甲，手握大刀。

雖說她缺乏冒險的經驗，馬玲姬可是武家之女。會緊張，卻不會恐懼。

「保留腳力。」

哥布林殺手拔出不長不短的長劍，簡潔明瞭地下令。

「有事要妳做。」

「什麼事……」

「到時再說。」

對話瞬間中斷。

不是因為他們察覺到了氣息、殺氣這種無法用言語形容的東西。

只是基於經驗可以推算出時機——即所謂的預感。

距離拉近，對獵物發動攻擊的那一刻。

背對篝火組成圓陣的冒險者，進入備戰狀態。

黑暗中，臭氣撲鼻而來。青草的摩擦聲傳入耳中。不是被風吹的。

有人——緊張地輕聲嚥下一口唾液。剎那間。

「GROORGB！！！」

一群野生的小鬼衝出草叢。

§

「WAROOGB!?」

既然早有預料，對付起來就容易了。

惡魔犬撲向哥布林殺手。哥布林殺手從底下鑽過去，貫穿牠的心臟。

刺進肋骨之間的劍刃奪走騎獸的性命，卻沒能阻止牠前進。

哥布林殺手任憑騎獸衝向後方，拔出劍。

「──……！」

「GBBROG!?」

然後反手將劍刺進滾下來的小鬼的眼窩。

哥布林於死前劇烈抽搐，靈魂卻不復存在。

「幾隻。」

「還有八隻左右！」

妖精弓手大喊著拉緊長弓的弓弦。

箭矢貼著地於黑暗中呼嘯而過，在射進草叢的瞬間稍微彈起。

「WARG!?」

「GBBOG！？！？」

兩聲慘叫。騎獸與小鬼的下巴被正下方一箭射穿，妖精弓手舔了下嘴唇。

「總共十六，剩下十四！」

「好……！」

冒險者們將女神官和馬玲姬留在篝火旁邊，守在四方。

然而對小鬼而言，數量是自己占上風。衝上去，擊潰他們。滿腦子都是這些。

因此不會想到要合作。

別管那些慢吞吞的蠢貨了，最先殺過去的自己是第一個。

讓沒腦子的傢伙先去當誘餌，聰明的自己等著坐收漁翁之利。

小鬼大多懷著這兩種自我中心的想法，一個個衝上前。

「神蹟我先留著不用……！」

女神官拿著錫杖待在篝火旁邊，觀察四周。

無法在暗處視物，令她十分不甘。

不過，冒險經常要各司其職。現在跟馬玲姬一起待命，才是正確答案。

「有敵人靠近的話就麻煩妳囉。」

「……好。」馬玲姬緊張地點頭。「包在我身上。」

「這邊的敵人我會用箭壓制住……！」

這段期間仍在接連射出箭矢的妖精弓手板起臉來。

「萬一不小心讓騎兵跑過去就麻煩了！」

「那麼，是時候用法術哩……！」

礦人道士從裝滿觸媒的袋子中取出油壺。

然後果斷砸向周圍的草原。

「『妖精啊妖精，把你忘記的東西還給你。錢你自個兒留著，快快賜我好運』！」

接著怎麼著！油從壺裡源源不絕地冒出來。

散發芳香的油迅速覆蓋周圍的草原，閃耀露珠般的光澤。

「GOROGGB！？！？」

「WAGGRG!?」

貿然踏進其中，等待他們的下場是失足及落馬——落犬才對。

其中一隻運氣不好，一頭栽在地上，脖子往奇怪的角度彎曲，一命嗚呼。

倖免於難的試圖站起來，卻只能在滑溜的油中不停摔倒。

「其實這是治癒之油。」

礦人道士用手指彈飛一枚金幣，讓油停下。

不可思議的是，金幣落地的瞬間，從壺裡冒出的油便戛然而止。

「真想點火。」

「給我住手……！」

小鬼像溺水似地甩動四肢，被小鬼殺手的短劍及妖精弓手的弓箭貫穿。

然而，也有穿越油海，或是從旁繞開，逼近冒險者的幸運小鬼。

或者該歸功於載著他們的惡魔犬的智慧。

至少小鬼的技術不像有做出什麼貢獻。

「喔喔，盯上了貧僧吶……！」

在那之中，撲向蜥蜴僧侶的那隻可以說極為倒楣。

「有骨氣的傢伙，善哉！」

「WARGGGG……!?」

惡魔犬瞄準蜥蜴人的喉嚨咬下，嘴巴卻合不起來。

被鱗片覆蓋的雙手緊緊抓住牠的嘴，連同牙齒捏碎。

「GBBB……!?GOROGBB!?」

騎在背上的哥布林驚慌失措地揮下生鏽的短槍，卻無法貫穿鱗片。

「咿呀啊啊啊!!」

惡魔犬連哀號的時間都沒有，就被撕成兩半。

毛皮碎裂，肌肉斷開，鮮血隨著內臟飛濺。

「GROOGB！GOBBGRGBB!!」

哥布林摔在內臟的正中央，發出意義不明的吼聲。

八成是對惡魔犬的怒罵，另外兩隻是在嘲笑沒殺掉自己的冒險者。

「得手了！」

「GOROGB！？！？」

所以，不屬於其中任何一方的馬玲姬的大刀，像砍柴一樣劈開小鬼的腦袋。

腦漿從一分為二的腦殼中溢出，馬玲姬甩掉刀刃上的腦漿，重新拿好刀。

她忍不住喃喃自語。

「真厲害……」

「哈哈哈，是指貧僧的臂力，還是術師兄的技藝？」

「……兩者皆是！」

哈哈哈。蜥蜴僧侶豪邁的笑聲，於夜晚的平原迴盪。

宛如龍的咆哮，對惡魔犬——而非小鬼——造成顯著的嚇阻效果。

原本就沒有把小鬼當成主人的牠們，比小鬼更加明智。

「WARG！WWAAAAAARG!!」

「WARGGGG！！！」

牠們毫不猶豫甩落騎手，如字面上的意思夾著尾巴奔向曠野。

如此一來，敵人就只剩區區幾隻小鬼。
何況將近半數都倒在油中掙扎。
「……唔。」
哥布林殺手默默刺死其中一隻，嘟囔道。
「與小鬼的野戰，有這麼容易嗎？」
「才幾隻而已，差不多就這樣吧？」
看這情況，連用箭都嫌浪費。
拔出黑曜石短劍的妖精弓手，跟他一樣劃破哥布林的喉嚨，一臉嫌惡。
這種跟工作沒兩樣的殺戮行為，經歷幾次她都習慣不了。
此乃戰鬥的結果——所以這次還沒那麼不好受。
「GOORGB……!!」
但即使是在這種狀況下，她也不會看漏有隻滿身是油的小鬼緩慢地起身。
——哥布林生命力真的很強韌……！
妖精弓手粗俗地嘖了聲，馬上將手中的短劍換回大弓。
「別殺。」哥布林殺手語氣嚴厲。「避開要害。」
「咦咦……？」
箭矢伴隨疑惑的聲音射出，帶來如射手所願的結果。

「GOBG！？！？」

肩膀中箭的小鬼慘叫著跌倒，立刻爬起身落荒而逃。

上森人的弓術，是近乎於魔法（spell）的技術（skill）。

不過，那隻小鬼肯定萬萬沒想到自己是被放走的。

愚蠢的森人失手了。被小鬼這麼嘲笑——令她有點不服。

「歐爾克博格，你之前是不是也說過同樣的話……？」

之前。聽見上森人說出這個詞彙，女神官不禁失笑。

馬玲姬疑惑地看著這邊，她清了下喉嚨叫她無須在意。

「要追嗎？」

女神官確認周圍的小鬼皆已斷氣，小心謹慎地詢問。

雖說有火光，黑夜是哥布林的夥伴。

她不只一次被裝死的小鬼嚇到……

「對，受傷的小鬼，應該會直接回巢。不會考慮其他事。」

哥布林殺手面向妖精弓手與馬玲姬。

「妳們兩個上。別被發現。」

妖精弓手眨眨眼睛。

纖細雪白的手指指向自己，以及馬人少女。

「我們兩個？」

「一個監視，一個傳令。上森人晚上也看得見。馬人跑得快。」

廉價的鐵盔望向馬玲姬的臉。

黑暗中，即使有月光、星光、火光，依然看不見面罩底下的臉。

馬玲姬卻有種他在對自己說「妳做得到吧」的感覺。

「找出巢穴。銀星號或許在那。」

「……！」她緊咬下唇，點頭。「知道了……！」

「好，走吧！」

妖精弓手輕輕在馬玲姬馬身的腰部附近拍了下。

兩人如同一陣風，拔足狂奔追向小鬼。

當然，馬人的速度無人能敵。

雖說是上森人，如何能與馬人在曠野上並肩奔跑？

但若要將速度控制在不會發出馬蹄聲的程度，就另當別論了。

或者是——馬玲姬在配合妖精弓手。

女神官相信肯定是後者，看著兩人離去。

「眼下可以確定的是，有敵人存在。」

蜥蜴僧侶甩掉敵人濺到身上的血液，用尾巴拍擊地面。

「一名馬人尚且不足，那些傢伙又餓又渴。」

「沒錯。」

哥布林殺手緩緩點頭。小鬼就是那樣的生物。

他從雜物袋裡扯出水袋，透過頭盔的縫隙補充水分。

本以為與小鬼野戰會更加艱困。

雖不至於戰敗，應該會花點時間。

結果竟然這麼快就解決了，真是萬幸。

「可是，用了一次法術。在她回來前，應該要稍事休息。」

「她們搞不好會擅自殺入敵陣喔？」

礦人道士的語氣，聽起來連他自己都不這麼認為。

他撿起扔在地上的酒壺，仔細擦拭後收進袋子。

同樣不可思議的是，剛才擲出的金幣似乎憑空消失了。

「不會。」

「哎，有長耳丫頭跟著，是不至於。」

「嗯。」

鐵盔同意礦人的意見，礦人瞇起粗眉底下的眼睛。

這個冷淡的男人其實意外信任同伴，是眾所皆知之事。

不過，他開始慢慢將這一點表現出來，是因為——

——……那個野丫頭聽了，八成會得意忘形。

我看還是少說幾句，拿這下酒更有趣。

礦人道士拿起腰間的葫蘆大口灌酒，彷彿要提前慶祝勝利。

不喝酒的礦人和喝酒的礦人，後者會獲勝才合理。

「而且。」

哥布林殺手開口。

「如果閒著沒事、沒人搭理，會很難受吧？」

女神官頻頻眨眼。這句話是對她說的。

那是很久以前，她在冬天的雪山對他說過的話。

「是的！」

因此女神官驕傲地用力挺起平坦的胸膛，展露微笑。

「說得沒錯！」

§

馬蹄聲傳入哥布林殺手耳中，是在黎明時分將近之時。

「如何？」

施法者以維持蓮花坐姿勢冥想的礦人道士為中心，各自補充精力。

蹲坐在地上保護他們的男子，看似腐朽的鎧甲。

分不出是睡是醒的甲冑忽然發出聲音。

跑回來的馬玲姬瞬間嚇得面色緊繃。

也有可能是出於對即將來臨的戰鬥的緊張。

「找到了。」她語氣凝重。「……我來帶路，在這邊。」

距離並不遠。

一行人在馬玲姬的催促下，於晨光照亮的草原上立即採取行動。

窸窸窣窣地在蕩漾紫光的青草間埋頭奔跑。

不使用火把。

雖說黑暗是小鬼的夥伴，沒必要特地告訴他們敵人正在接近。

洞窟和曠野狀況不同。

女神官忍不住打了個哈欠。

明明她應該有休息夠……是因為把短暫的睡眠時間分割成好幾段的關係嗎？

看礦人道士若無其事的模樣，又讓人覺得是經驗的差距所致。

至於蜥蜴僧侶——她不清楚蜥蜴人想睡的表情是什麼樣子。

女神官不經意地望向默默跟在馬玲姬後面，身穿骯髒皮甲的背影。

這男人一直在守夜，動作卻完全沒有因此變遲鈍。

「……你還好嗎？」

「沒事。」他說。「我閉著一隻眼睛也能睡。」

女神官無法判斷真實性。

「慢死了，歐爾克博格。」

「是嗎？」

草原之海中，突然蹦出妖精弓手的聲音。

森人與人稱草原之精的圃人（Rare）相似，這個傳說或許是真的。

女神官費了好一番心力，才在草葉的縫隙間找到她。

妖精弓手彷彿融進了草叢中。

「抱歉，我有加快腳步了……」

馬玲姬垂下耳朵，看起來有點沮喪。

「不是在說妳啦。」

妖精弓手輕笑道。

這段期間，她的視線也沒有從遠方移開。

「在哪？」

「如你所見。」

那東西佇立於此，擋住了開始從地平線下升起的太陽。

漆黑的三角形輪廓。

女神官想到在曾經造訪的沙漠聽說過的，古代國王的陵墓。

不像自然形成的，可是，有誰會把這種東西蓋在曠野中？

宛如一座用無數岩石堆成，略微隆起的岩山。

「那是什麼？」

「一種塚山。」

馬玲姬回答女神官的疑問。

「經過的時候把石頭堆上去，祈求平安。持續了上百、上千年。」

「上千年……」

「是馬人的足跡。」

女神官眨眨眼，再次仔細觀察那座塚山。

應該原本就是小丘——或是一塊岩石。

而那成了於曠野前行之人的依靠。

無數高高堆起的石頭、岩塊，等同於馬人們一點一滴累積起來的心緒。

「那叫菸草岩。」馬玲姬瞇起眼睛。「因為形狀跟圃人抽的菸一樣。」

然而，此刻並非如此。

駭人的混沌勢力在岩山周圍蠢蠢欲動。

擁有金眼及綠皮膚的生物，惡狠狠地瞪著驅散黑暗的太陽。

——是小鬼。

有小鬼。

十隻，或二十隻。團團圍在菸草岩旁邊。

蜥蜴僧侶喉嚨發出散發鬥志的低吼，露出利牙笑道：

「哎呀，小鬼真是不知尊敬的生物吶。」

「應該說是率領他們的術師沒把神明放在眼裡吧。」

風乃旅人之神交易神的恩賜，蜥蜴僧侶應該是在氣它遭人玷汙。

礦人道士如此推測，罵道「真不像樣」。

「嘿，長耳朵的。妳知道那個不死的魔法師在哪嗎？」

「大概在最上面。山頂。」

上森人耳朵一震，微微上下搖晃。

「聽不見耶？有個奇怪的聲音，是歌聲嗎……」

經她這麼一說，女神官也豎起耳朵。

難以形容——意義不明的微弱呢喃聲，乘風而來。

詛咒眾神、詛咒世界，願災厄降臨四方世界的話語。

女神官有種自己瘦小的身軀從內側被寒意貫穿的感覺。

跟看見小鬼下流的笑容時一樣。

滿腦子只想得到自己，卻是典型的祈禱。

意即。

「……是儀式對吧。」

「趕上了。」

哥布林殺手的結論簡單明瞭。

他對於不死魔法師的儀式毫無興趣。

重要的只有，他在操控小鬼。

而儀式既然還在進行，代表活祭還沒事。

既然如此，該往下一個階段思考。

——如何殺掉。

他跪在草叢中，觀察被微光照亮的小鬼。

「能否狙擊？」

「只是要把箭射過去的話。」

妖精弓手聳了下肩膀。

森人的弓不是靠技術，不是靠眼力，而是憑藉靈魂擊發。
她曾經說過，射中位於遠處的目標不費吹灰之力。
風向、距離、高低差，沒有任何要素妨礙得了上森人。
然而——在這個地方並非毫無阻礙。
「但公主在裡面吧？她搞不好會被拿來當盾牌，有點可怕。」
敵人也可能施展了避箭的障壁。
害怕致命的失誤（Fumble）要如何冒險？
可是無法將這個可能性納入考量的冒險者，註定活不久。
「宿命」及「偶然」常伴身邊。
哥布林殺手低聲沉吟。
「你怎麼看？」
「這地形易守難攻吶。」
提到四方世界最為善戰的種族，非蜥蜴人莫屬。
身為僧職者的蜥蜴僧侶也是其中之一，正在用銳利的目光瞪著菸草岩。
「不過貧僧認為，防線本身並不牢固。」
「是這樣嗎？」
女神官微微歪頭，蜥蜴人的長脖子上下移動。

「畢竟沒有城牆、屏障之類的障礙。」

蜥蜴僧侶的利爪，在地面描繪簡單的平面圖。

巨大的圓形，四方有無數的小點。

的確，乍看之下有很多敵人。不過，蜥蜴僧侶開口說道。

「若將二十名士兵配置於四方，各有五名。敵我的數量差距……」

「……並不多。」

原來如此。女神官認真點頭。跟玩戰爭遊戲(Hnefatafl)的時候一樣。

當時她擔任的是防守方。

因此，她為了抵禦攻擊讓國王逃走而絞盡腦汁。

這次敵人的目的是在菸草岩上舉行儀式。

也就是說，在思考要逃出那裡的瞬間，敵人的計畫就得宣告失敗。

這樣的話——

「……情況或許比想像中有利。」

女神官不斷吸收過去的經驗，有如一塊吸水的海綿。

蜥蜴僧侶在這位年幼、柔弱、瘦小的少女體內，看見一隻龍。

再好不過。

「只要衝鋒陷陣，離開此處易如反掌。剩下要看的，是能否迅速攀登至頂端。」

「……唔。」鐵盔底下傳來低沉的聲音。「法術如何？」

「不成問題。」礦人道士拍拍觸媒袋擔保道。「觸媒也還有。」

剛才的休息時間，足以取回一次法術的消耗量。

我方的法術資源充足，敵人是小鬼，一如往常。雖然野戰令人不太愉快。

——儘管如此，遠比隻身作戰來得輕鬆。

「可以把妳算進去吧？」

思考到一半，哥布林殺手詢問馬玲姬。

她握緊大刀的刀柄，咬住下脣後說：

「那還用說。」

語氣彷彿在虛張聲勢，聽不出是在逞強還是假裝有精神。

但她的目光堅定不移，直盯著骯髒的鐵盔。

「我是來這裡救出公主殿下的。」

很好。哥布林殺手點頭。那就好。

「叫龍牙兵（Dragon Tooth Warrior）出來，增加人手。」

「明白，明白。」

哥布林殺手語氣嚴肅，蜥蜴僧侶立刻回答。

他從懷裡拿出幾根駭人的龍牙，扔到大地上。

「『禽龍之祖角為爪，四足，二足，立地飛奔吧』！」

牙齒立刻開始冒泡沸騰，膨脹起來。

轉眼間化為骨頭，組合成一名戰士立於地面。

「……唔、喔。」見識到龍的力量，馬玲姬睜大眼睛。「真是，厲害。」

「哼哼。」不知為何，妖精弓手挺起平坦的胸膛。「厲害吧！」

「妳這鐵砧在得意什麼。」

聽見礦人道士的碎碎念，妖精弓手態度一變，怒吼道：「你說什麼！」

吱吱喳喳。音量雖然有刻意壓低，對話內容倒是與平常無異。

看見馬玲姬不知所措的模樣，女神官輕笑出聲。

放心吧，不會有問題。

無論何時——都能維持這種態度的話，冒險會一帆風順。

「那麼，要出發了嗎？哥布林殺手先生？」

「對，現在是對他們而言的傍晚。跟深夜比起來，戒備還沒那麼森嚴。而且——」

哥布林殺手說。

「即使是不死的魔法師，摔下去終究會死。」

§

「……呣。」

對那名魔法師來說，有種小蟲在臉附近飛的異樣感。

黎明，在顏色如同蒼白之血（Paleblood）的黯淡天空下，他忽然抬頭。

用「他」來代稱他，其實並不正確。究極的生物連性別都不需要。

用來抵達那個境界的儀式當前，區區小蟲不值一提。

可是，以前也發生過「轉移」的法術被一隻小蟲子毀掉這種事。

拜傲慢帶來的慎重所賜，魔法師願意花點心思留意。

「…………發生什麼事？」

他吸了口氣，喚回潛入深淵冥想的意志。

魔法師緩緩起身，從人稱菸草岩的塚山望向下方的原野。

凹凸不平，由石頭堆積而成的岩石表面到山腳處，布滿蠢蠢欲動的黑影。

聚集成群的小鬼，在走上邪道的魔法師眼中，是令人唾棄的生物。

無知又愚昧，卻桀驁不馴。無能，派不上用場的蠢貨。

魔法師鄙視的一切，都存在於那種生物身上。

因此，他毫不關心自己手下的小鬼。

也沒有興趣。就跟他對四方世界的任何人都沒有興趣一樣。

「……妳那什麼眼神？」

所以，魔法師看不順眼的存在僅此一個。

小鬼們回頭看著的地方，是倒在他刻下的法陣上獻祭的一名少女。

少女是馬人。

衣服被毫不留情地扒光，一絲不掛的裸體暴露於風中。

不過，小鬼邪惡的視線及嘲笑絕對無法羞辱她。

她擁有的不只是描繪出美麗曲線的柔韌肌肉及嫩肉。

因呼吸而微微起伏的身軀下，存在著彷彿要迸發而出的生命力。

英氣凜然的臉孔，如同陶瓷人偶般透明清澈。

一頭棕髮光澤亮麗，連朦朧的晨光都散發耀眼的金。

更重要的是，前額有一道銀白色的流星。

他覺得誰都可以，卻認為非她不可。

若能掌握這生命的光輝，任何事都會如他所願。

那位不知其名，連身分都不知道的少女，卻沒在注視他。

眼睛看著魔法師，卻沒有把他看在眼裡。

魔法師——獲得不死的魔法師憤怒地罵道：

「妳也看不起我嗎？」

「——————」

沒有回答。馬人少女應該是不打算回答。

魔法師瞪了少女一陣子，輕輕哼了聲。

「算了，妳遲早也會在我體內與我共存。由不得妳。」

過去。

聽見他宣言要活上百年、上千年，人們都會嘲笑。

但那些人如今通通於土裡沉睡。

在賢者學院嗤笑他的少年，已經沒人記得他的名字。

也有冒險者堅持沒有永恆的生命，試圖殺掉他。

那名冒險者，也在很久以前就連姓名都不復存在。

僅僅是身為不死魔法師的他，可怕的來歷之一。

對他來說微不足道——他卻為這個結果感到滿足。

知道自己的價值正逐漸提升，值得高興。

其他事與他無關——例如在這個瞬間響徹四周的小鬼慘叫聲。

「……哦。」

果然有小蟲子來了嗎？魔法師拿起手杖，瞪向下方。

小鬼們在大聲嚷嚷。

他們發出無意義的叫聲，拿起武器東奔西跑。

急忙衝向岩山的其中一側。

——一群白痴。

對於不知為何要來取自己性命的刺客，魔法師給予這樣的評價。

不曉得是出於嫉妒抑或無知，許多人企圖阻止他的永生之路。

他心想，這次八成也一樣。冒險者真是愚蠢。

讓他們被小鬼四分五裂，連腸子都啃食殆盡。

女人可能會連子宮都被玷汙，但下場註定跟男人一樣，落進小鬼的鍋子裡。

沒什麼好哀嘆的，總會有人擲出蛇眼，只是沒有第一次就擲出。

——我要把他們通通踩在腳底，邁向更高的境界。

「放馬過來，該死的冒險者。」

魔法師握緊法杖，氣勢洶洶地站著，俯瞰那些礙事的傢伙。

清晨的空氣，帶來含有紅黑色死臭的血風。

魔法師將其吸入肺腑，不顧沒有人聽得見這句話，宣言道：

「陪我玩玩吧。」

他還不知道，冒險者從身後逐漸逼近。

§

「ARGOOOOOOOO！！！」

龍牙兵咆哮著跳進小鬼群中。

這段期間，冒險者埋頭狂奔，迅速繞到菸草岩後方。

「小鬼跟魚群一樣。」

蜥蜴僧侶壓低身子，像在爬行似地運用四肢於地上奔馳。

以他的體型，若想躲在草叢中，非得維持這個姿勢才遮得住。

「只要扔餌下去，便會像這樣一口氣聚過來。」

即使有地位較高的個體，他們能做到的也只有統一管理，而非命令或指揮。

此時此刻，小鬼正直線衝向冒險者扔下的餌——也就是敵人。

「GOROGB！？！？」

「GOROG！GBBROBGBGR!!」

雖然無法判斷是畏懼高高在上的傢伙斥責他們，還是想撿點剩下的好處。

「但並非全部。」

無論如何，管他去死。哥布林殺手下達結論。

「哥布林就要通通殺光。」

那隻小鬼到底為何待在菸草岩後方，與他無關。

哥布林靠在生鏽的短槍上，悠哉地打著哈欠。

怠慢的代價，是射中他頭部的樹芽箭。

「我掩護你們，上吧！」

妖精弓手瞪著無聲倒地的小鬼吶喊道。

哥布林殺手和蜥蜴僧侶沒有回答。直接採取行動，有時比開口回應更有說服力。

塚山呈現一層層的階梯狀，只要由下往上攀登即可。

「─……!!」

「GBOOB!?」

哥布林發現來自下方的入侵者，喉嚨被一刀劃破，窒息而亡。

聽見慘叫聲回過頭的另一隻哥布林，死在蜥蜴僧侶的尾巴下。

「GOOBGBBG！？！？」

「被發現了！」

「無妨。」哥布林殺手回答。「要做的事不會改變。」

兩人合作無間，往下一層前進。

礦人道士矮小的身軀，攀附在一行人占領的第一層上。

「讓魔法師先上不太對吧……！」

「有什麼辦法，誰叫你動作最慢！」

妖精弓手說得沒錯。倘若只是要移動到最上層，她的速度是最快的。

無奈射擊手難以開出一條路。

對上森人來說，小鬼自然不足為懼，但那純粹是擅長與否的問題。

無論何時，無論哪個時代，都需要拿著鋸子上工的步兵。

「好了，妳也上來……！」

「是……！」

嘿咻。在妖精弓手的催促下，女神官跟在礦人道士後面抓住岩山。

纖細嬌小，也沒什麼肌肉——現在稍微長出一些了——的瘦弱身軀。

儘管如此，經過數年的冒險，多少會習慣。

她的動作絕對稱不上敏捷，還是順利爬到了大岩上。

「……啊。」

女神官忽然回頭。果然，她早料到了。

「唔，唔……！」

馬玲姬踩在隆起的部分，試圖爬上來。

仔細一想，搭乘馬車的時候也發生過這種事。女神官沒有一絲躊躇。

「……請抓住它！」

伸向馬玲姬的，是反過來拿的錫杖。

馬玲姬的視線在錫杖柄和女神官神情嚴肅的臉上反覆移動。

「…………抱歉，幫大忙了！」

她握住錫杖，往岩石上面撐起身體。

女神官一個人當然拉不動馬人。

「嘿唷……！」

這時就輪到礦人道士肌肉發達的矮小身軀派上用場。

外人並不知道，他體積龐大的原因不在於酒精，而是拜肌肉所賜。

「礦人偶爾也挺有用的嘛！」

「講這什麼話！」

礦人道士對咯咯大笑的妖精弓手怒吼。

她在銳利的岩山表面奔馳，動作輕盈得如同踩著小石子或樹枝過河。

雙手在移動的過程中也沒停下，俐落地拉弓射箭。

「GOBBG！GOBBGB!!」

「GORGBGORRG!!」

不曉得是沒察覺到另一側的狀況，還是判斷他們比龍牙兵更好對付。

抑或是被三名少女的美色誘惑，小鬼們三三兩兩地聚集而來。

——只靠鐵砧的話，沒辦法「趕跑蟲子」啊。

礦人道士飛快拿起掛在腰間的手斧，用雙手握緊。

「嚙切丸，別管下面！」

哥布林殺手依然沒回答。

要注意其他地方相當費事。

若能交給其他人處理，會輕鬆許多。

「GRG!?」

「三和，四……！」

他用盾牌砸向從左邊揮下棍棒的小鬼，使其墜地身亡，右手拔出長劍。

「GOOGBBG！？！？」

在這個狀況下，用不著攻擊要害。小腿被砍斷的小鬼發出悲鳴。

接著就這樣失去平衡滾落岩山，用力撞上石頭，於地面彈了好幾下。

就算他還活著，也站不起來。連回頭確認生死都嫌浪費時間。

哥布林殺手用綁著盾牌的左手抓住岩石，在爬上去的同時拿劍刺向上方。

「GOBB！？！？」

「五！」

等著用石頭砸他的小鬼，胯下被劍刃刺穿，痛得倒在地上。

他放任那隻小鬼摔下去，扔掉劍。武器要多少有多少。

「六……！」

「GOB！GOBGRGB！？！？」

哥布林殺手直接撿起石塊，毆打哥布林的臉。

砸爛鼻子，骨頭就會刺進大腦。就算沒傷得那麼重，也不可能站得起來。

他扔掉牽出一條血絲的石頭，從小鬼手中搶走棍棒。

然後用機械般的動作，果斷踢落不停抽搐的小鬼。

「喔喔……！」

魁梧的蜥蜴僧侶如同一陣黑影，衝過空出來的石階。

雙手雙腳的爪子牢牢陷進岩石，粗如樹幹的四肢穩住身軀。

要在眨眼間抓住下一層，易如反掌。

「GOBBGB！」

「GRGB！GGBOORGB!!」

哥布林嘲笑他雙手雙腳都不能自由活動，從兩側撲過來。

沒腦袋的蠢貨自然會死。不過，聰明的自己理應能趁這個機會幹掉這傢伙！

「嘶……!!」

然而，小鬼不曉得是否有時間體會自己有多麼膚淺。

一隻的喉嚨被咬斷，另一隻則被尾巴強力的一擊拍進岩石。

「GOBBGB……!?」

「哼……」

蜥蜴僧侶猛力甩動長脖子，扔掉還在掙扎的小鬼。

跟鮮血一起被吐掉的哥布林，在空中直線墜落。

「唉呀，真想清清嘴巴……！」

「回去有起司可以吃喔！」

「喔喔，甚好！」

妖精弓手衝上岩山，或者說是岩石把她抬上來的。

聽見與箭矢一同射出的這句話，蜥蜴僧侶瞇細眼睛，豎起尾巴。

妖精弓手朝上下方放箭，清除障礙，兩名前衛在前方開出一條路。

這段期間，三名後衛也沒有閒著。

「從下面爬上來的！」手斧呼嘯而過。「也變多囉！」

礦人道士劈開哥布林的腦袋，將其踢落，守護少女們。

女神官協助馬玲姬爬上來，認真戒備周遭。

右邊、左邊、下方。上面交給其他人，總之要努力掌握狀況。

幸好清晨的光照得到這邊。讚美太陽，願神保佑。

「惡魔犬爬不上來，真的太好了……」

「因為那東西手太少隻了。」

馬玲姬咧嘴一笑。大概是馬人的玩笑話。

女神官也笑了。雖然聽不懂，冒險時笑得出來的人即為勝者。

——而且。

她很高興在必須專心爬山的這個狀況下，馬玲姬還笑得出來。

冒險經常會有自己派不上用場的時候。

擅長與否，沒人改變得了。女神官自認很明白這個道理。

所以——

「從上面攻過來了，小心點!!」

聽見妖精弓手的警告，她仰望天空，看見逐漸逼近的黑影，仍然不慌不亂。

「哥布林殺手先生。」

「唔……!」

用棍棒擊落哥布林的那名男子聞言，抬頭望向上方。

吞噬冒險者的巨影，目測是要一、兩位成人才抱得住的巨岩。

是哥布林推下來的，還是那個不死魔法師幹的好事？

不管怎麼樣，若不採取應對措施，冒險者就只能往十四（死）號前進。

他在思考過程中反射性揮下右手，擲出棍棒。

「GBBOR！？！？」

棍棒陷進頭部，小鬼甩動四肢掉下去。

死前的慘叫被巨石滾落時發出的轟鳴聲蓋過，傳不進耳中。

女神官聽見的，只有冷淡、毫無起伏的一句話。

「交給妳了。」

「是……！」

她高舉錫杖。

一口氣集中靈魂，放聲吶喊，好將祈禱傳達給天上的神明。

「『慈悲為懷的地母神呀，請以您的大地之力，保護脆弱的我等』!!」

果然，神蹟降臨。

不可視的障壁遵循地母神的意志展開，靜靜擋住巨石。

虔誠少女的祈禱，確實傳到了神的耳中。

巨石被光壁彈開，滾向旁邊。

遭受波及的小鬼要不是在逃跑過程中摔下山，就是直接被輾過——

「好，走吧……！」

女神官重新打起幹勁，朝馬玲姬伸出錫杖。

「嗯。」

馬玲姬點了下頭，握緊錫杖，用馬蹄撥動岩石。

「……話說回來……」她花了些時間思考該如何表達。「真厲害。」

「厲害的——」

少女得意地挺起平坦的胸膛。

「是大家和地母神！」

§

「……那群臭蟲……！」

這句話是在罵冒險者還是小鬼，魔法師也無法分辨。

菸草岩周邊的混亂，早已遠遠超出他的容許範圍。

小鬼們漫無秩序地大叫，武器碰撞的金屬聲極度刺耳。

然而，最令不死的魔法師無法忍受的——

「————」

是默默盯著他的馬人少女的視線。

在沒有遮蔽物的山頂，赤裸裸地暴露於晨光及狂風中，受到羞辱。

即使如此，她依然用清澈的雙眸直盯著魔法師。

明明她的眼中絕對沒有魔法師的身影。

「怎麼？妳這傢伙有什麼意見……！」

少女並未回答。

就算魔法師走過去，捏住她的下巴抬起來，還是一句話也沒說。

宛如馬人的人偶或其他生物，無精打采……溫度卻透過手掌傳達過來。

比凡人高上許多，馬人熊熊燃燒的生命之火。

其觸感對魔法師而言，噁心得跟碰到汙泥一樣。

「……嘖。」

魔法師像要拍掉泥巴似地甩開她的臉。

體型、力氣都遠遠凌駕魔法師的她，卻趴在地面上。

是因為身體衰弱嗎？

她的肌膚失去血色，在晨光下顯得純白如雪。

魔法師腦中——忽然閃過白色騎士的逸聞。

十二名高舉天秤的白騎士，為死人的夏天劃下句點。

但決定性的因素，是死靈占卜師的傲慢。

確信自己會獲得勝利，在最後一刻，戰況被天秤的力量逆轉。

太過著急，再三借取魔神的力量，失去魂魄。

——我會犯同樣的錯誤？

不可能。

那位死靈占卜師的下場，到頭來不就是自滅嗎？

自己不一樣，自己跟其他人不同。

——若非如此。

自己怎麼可能跟那些嘲笑他愚蠢的人一樣。

緊握在魔法師手中的法杖吱嘎作響。

「……小鬼果然靠不住。」

聽見小鬼的慘叫聲響徹四周，魔法師深深吸氣，吐氣。

「我親自出馬，趕快把事情解決吧。」

額前有道流星的少女，盯著喃喃自語的魔法師。

一語不發，眼中並未映出他的身影。

§

「看見山頂了！」

「好。」

哥布林殺手將第十六隻小鬼踹下山，點頭回應。

徒手獨自攀登（Free Solo）曾經聽師父提過的梯子山，以及人稱「巨岩之首」的整塊大石。

跟那比起來，菸草岩好爬多了，就算只有自己一個人也不成問題，值得慶幸。

——有連自己都做得到的事，令人高興。

「被發現了嗎？」

「鬧得這麼大，沒道理不發現吶。」

蜥蜴僧侶扭動尾巴，在離山頂一步遠的岩石上向上爬。

「我想也是。」

哥布林殺手於雜物袋中摸索，取出活力藥水（Stamina Potion）拔開塞子。

「問題是小鬼，還有銀星號是否在上頭。」

「對小鬼殺手兄來說，只要殺得了小鬼，便不是徒勞無功。」

蜥蜴僧侶開著玩笑，突然扔給他一把短劍。

雖說生鏽又有缺口，這把劍尚且稱得上堪用。

「小鬼的東西，是否用得著？」

哥布林殺手抓住它，檢查劍刃的狀況，點頭。

「謝了。」他將短劍收進腰間的刀鞘。「塚山出土的劍。不壞。」

一口、兩口。他透過鐵盔的縫隙嚥下藥水，補充流失的體力。

這麼點藥水就讓四肢末端的血液暢通無阻，真不可思議。

「還想確認那個銀星號是不是馬人公主。」

「我有看到銀星號喔……魔法師也在就是了。」

咻一聲。妖精弓手如同被風吹來的樹葉，出現在他身旁。

想在大自然之中找到森人相當困難，草原的岩石也包含在內嗎？

至少沒人會懷疑她身為獵兵的技術。

妖精弓手搖晃長耳，從箭筒拔出樹芽箭。

「沒有小鬼。他好像在說話，總之就是抱怨吧。你覺得他在說什麼？」

「沒興趣。」

「聽人家說一下啦。」

妖精弓手無奈地笑道，但她看起來也對此毫無興趣。

她關心的不是魔法師，而是另一個人。

妖精弓手認真檢查弓弦，低聲說道：

「必須把那孩子救出來。那不就是冒險的目的嗎？」

「冒險嗎？」

哥布林殺手重複了一遍，彷彿第一次聽見這個詞彙。

「應該吧。」

「讓大家……久等了……！」

這時，剩下幾個落後的人，終於抵達向外突出的平臺。

女神官爬了上來，馬玲姬則藉助她的錫杖和後面的礦人道士的協助。

馬人少女將自身的疲勞拋在腦後，喘著氣激動地問：

「公主殿下在這裡嗎……!?」

「我不知道她是不是公主殿下，不過大概是那個叫銀星號的女孩。」

這邊，有一撮。妖精弓手用食指從額頭劃到鼻子。

「棕色的瀏海前面有一束白星。很漂亮的孩子。我都嚇到了。」

「是公主殿下沒錯……！」

馬玲姬探出身子，彷彿隨時要衝出去，女神官像在安撫馬匹似地制止她。

這樣對馬人會不會太失禮？無謂的擔憂浮現腦海。

「妳先冷靜點……要想辦法救她出來才行。」

畢竟她在剿滅小鬼的時候，體會過有人質在會多麼麻煩。
女神官豎起食指抵在唇上，在氣勢洶洶的馬玲姬旁邊思考著。
「……讓他睡著如何？」
「敵人是高階的施法者。」
礦人道士總算爬了上來，一副要拿腰間的酒提神的樣子大口灌酒，哀了聲。
「用『酩酊』八成只會被抵擋住……」
「對龍明明就有效，真沒用。」
「囉嗦，鐵砧。」
然而礦人道士並未繼續反駁，大概是對力量的差距有所自覺。
之前那次本來就是因為位於沙地，沙精靈的力量強大，才有辦法對龍起到效果。
妖精弓手得意洋洋地哼氣，背對岩石觀察山頂。
「先不說有沒有避箭，從這邊肯定射得中。」
「……以前，我跟那種魔法師交手過幾次。」
低沉的咕噥聲從鐵盔內側傳出。
聽覺敏銳的妖精弓手瞇眼瞪著他，用手肘撞他的下腹。
「哦，瞞著我們偷偷去的對吧。」

「沒必要說。」

「跟同伴說一聲才符合禮節吧──？」

「是嗎？」

他簡短回答，卻沒有要繼續討論這個話題的意思。

「手段有很多種。」

他先行說明，才冷靜地接著說：

「……堵住嘴巴，或封住視覺。不給他念咒的機會，殺掉。」

跟對付小鬼薩滿一樣。

「原來如此。」

聽見這句話，女神官點點頭。這樣的話，自己的任務顯而易見。

「那麼，我配合你。」

「我就……先看看情況唄。」

第一步棋未必會決定一切。礦人道士慎重地門好酒葫蘆。

「萬一鐵砧掉下來，應該會需要用到『降下（Falling Control）』。」

「是為了你自己用的吧？」

妖精弓手狠狠瞪向礦人道士，但比起吵架，現在有更重要的事。

緊張的氣氛緩解下來了。剩下要做的是戰鬥。她輕輕把箭架在弦上。

「封印五感，一口氣殺敵，拯救公主，既然如此……」

蜥蜴僧侶以莫名誇張的動作一根根扳著手指。

他轉動如同爬蟲類的眼珠子，望向團隊（Party）中的一人。

「……需要一步即可拉近距離的士兵吶。」

「……我來。」

馬玲姬乾脆地答應。

她拔出背上的大刀，擺好架勢，閉上眼睛，做了個深呼吸。

「我來……我是來救公主殿下的。」

「就這麼定了。」

哥布林殺手拿著小小的空瓶點頭。

「我們上。」

§

咻。參雜在狂風中的破空聲，吹響戰鬥的號角。

「唔……！」

魔法師幾乎反射性朝那個方向揮下法杖，指著那裡。

然而，映入眼簾的絕非敵人的身影。

撞在山頂的地面上彈飛的，是空蕩蕩的——

「……小瓶子嗎！」

「『慈悲為懷的地母神啊，請賜予靜謐，包容我等萬物』!!」

因此，他慢了一步才發現冒險者真正的意圖，而這一步便足以致命。

以高聲朗誦的祝詞為契機，所有的聲音都被奪去了。

——秩序之神的臭母狗……!!

詛咒的話語無法成聲，緊接著，魔法師的右臂被不明物體射中。

「————……!!」

一陣劇痛襲來，肌肉不受控制地抽搐著。他握好法杖一看，手臂長出一根樹枝。

不對，這是森人的箭。射手在哪？不，更重要的是——

他瞪大眼睛尋找敵人，這個行為稱不上失策。

他看見的，是一名太過寒酸的冒險者。

廉價的鐵盔、骯髒的皮甲。左手綁著一面小圓盾。右手……

——……石頭嗎!!

他用法杖彈開冒險者扔出的子彈，暗紅色煙霧立刻噴出。

若聲音存在於此，想必會聽見魔法師像是呻吟的哀號。
只要是擁有肉身、眼鼻健全之人就無法逃離，令人難以呼吸的劇痛。
魔法師痛得跟整張臉被劍山刺中一樣，同時——
——……該死……!!
他的左手在空中描繪文字，一閃。
竄改四方世界的法則，具有真實力量的話語（True word）。藉此發動法術——
「嗚哈啊啊啊啊啊——!!」
尖銳的吆喝聲及震耳欲聾的馬蹄聲，來自靜謐的外側。
不，或許是震動的山頂使他產生這樣的錯覺。
那名馬人少女的奔馳，就是如此壯觀。
此時此刻，將全部傾注於這一刀上。馬蹄踢碎岩石，四足蹬地狂奔。
迎頭揮下的白刃照到破曉之光的瞬間，彷彿閃耀著金色光輝。
魔法師——這輩子從未覺得那種東西很美。
「——……!?」
因此，當時他感受到的只有憤怒、怨恨及憎惡。
從中央砍斷身體的刀刃與美麗少女的容顏，被骯髒的血花玷汙。
活該。男子帶著不屑的表情，身體像破布般崩解。

馬玲姬看都不看他的屍骸一眼，拔足狂奔。

聲音夾雜在風中重返世間。聽得見聲音。她直線跑向少女。

「公主殿下……!!」

稱她為朋友過於高貴，稱她為姊姊過於遙遠；稱之為忠義過於冷淡，稱之為愛又過於誇大。

「啊。」

不過，宛如豎琴琴聲的聲音，回應了呼喚重要名字的聲音。

銀星劃過。那雙眼睛看著少女，確實映著少女的身影。

「啊啊，來了嗎……是嗎，是妳來了，妳來找我了。」

銀星號溫柔抱住衝到自己身邊，屈膝跪地，朝她身上撲過來的少女。

對馬玲姬來說，這幾天、幾個月的時間，該有多漫長啊。

「噢，怎麼了？瞧妳哭成這樣……真拿妳沒辦法。明明我才是受到幫助的那一方。」

她伸出雪白的手指，輕輕拭去少女眼角的淚水。

馬玲姬猛然抬頭，用力揉眼，把眼睛都揉紅了。

「幸好您沒事……真的，真的……!」

「不……」

銀星號——或者該稱她為曾經的馬人公主，露出嬌羞的笑容說道。

「……我滿腦子只想著之後的比賽，完全沒放在心上。」

§

「不好意思，方便借我一件衣服穿嗎？有點冷。」

銀星號抖動身體。

這裡可是清晨的山頂。就算有陽光，就算馬人的體溫偏高，還是會覺得冷。

馬玲姬急忙左右張望，說到衣物，只有死去的魔法師的外套。

可是再怎麼說，都不能拿那種東西給公主穿。在她煩惱之時——

「那個，不介意的話……！」

女神官脫下自己的外套跑過來。

但是，該把外套蓋在一絲不掛的人體還是馬身上，令她困擾不已。

讓人不知道眼睛該往哪看的，是白皙美麗的上半身，不過這不代表馬的下半身不美麗。

兩者都不該暴露在眾人的面前。

而且，凡人不可能知道該把外套蓋在哪一邊，才能使馬人暖和起來。

「請、請用……」

「嗯，謝謝。」

猶豫過後，女神官只有把外套遞給他。

銀星號展露看不出是受囚之身的柔和微笑，披上外套。

這時，她似乎意識到了聚集在自己周身的人們。

她扇動纖長的睫毛眨了下眼，輕聲說道：

「那個，你們一定是冒險者對吧。對不起，害你們特地跑一趟。」

「無妨。」哥布林殺手說。「委託內容就是如此。」

「那麼，我該改說謝謝了……」

語畢，銀星號的表情突然轉為嚴肅。

「對了，還趕得上比賽嗎？這場比賽很重要。我不太清楚過了多久。」

「公主殿下，請您不要勉強……！」

「我已經不是公主了……」

她下半身使力，試圖起身，馬玲姬連忙撐住她。

不是主從，不是朋友，不是姊妹，不是戀人。

存在於兩人之間的，不是可以用這種簡單明確的詞彙形容的關係。

至少——

——她們感情很好。

至少可以確定這一點，女神官認為，這樣應該就夠了。

「……她給人的感覺好神祕。」

「是嗎？」妖精弓手搖晃長耳。「公主不就是那種感覺？」

女神官以苦笑代替回應。

而且，事情還沒結束。不如說重頭戲現在才開始。

「哥布林呢？」

「想必是還搞不清楚狀況。」

蜥蜴僧侶愉悅地轉動眼珠子，伸出長脖子窺探下方。

「依然鬥志十足，也許還以為把貧僧等人逼入了絕境。」

「來囉，來囉。小嘍囉蜂擁而來。」

礦人道士灌下好幾口火酒，提振精神。

他用袖口擦掉沾到鬍鬚上的酒，嘟囔道：

「那麼，我們可是在包圍網的正中央咧。要怎麼做？嚙切丸。」

「這樣反而正好，一網打盡。」

「是啊——說得沒錯。」

回答的不是冒險者。

冒險者們立刻握住劍、爪、弓、斧、錫杖，警戒起來。

聲音來自像條破布般掉在地上的黑色外套底下。

那東西有如伸長的影子，瞬間膨脹，站了起來。

哥布林殺手馬上舉起短劍——

「『吞噬生的乃命之業，吞噬命的乃死之顎』。」

「嗚、啊……!?」

在那之前，馬玲姬就跪倒在地。

「……喂!?」

銀星號下意識呼喚她的名字，抱起她的身體。

「嗚……唔，我……沒、事……」

馬玲姬堅強地回答，想要站起來，雙腿卻使不出力，瑟瑟發抖。

剛才濺到她身上的血逐漸乾燥，少女的臉色——蒼白到暗紅色的血液看起來是鮮紅的。

「這是……」

是詛咒那類的。女神官感覺到後頸附近傳來一陣又一陣的刺痛。

「那是什麼……!?」

「原來如此，是『吸命(Vital Drain)』的法術嗎……！」

妖精弓手大聲吶喊，蜥蜴僧侶接著咆哮。

「吸命（Vital Drain）」。將他人的生命據為己用，死靈占卜師使用的咒術之一。

本來是用來傳承生命，解放受囚的年輕獅子，讓他們邁向未來，讚頌生命的法術。

然而——這不一樣。瀕死之人奪走了年輕人的生命。

「該死的邪教徒……！」礦人道士怒罵道。「不死身的真相就是這個嗎！」

「……耗費百年仍然一事無成之人的生命，用來給我做為永生的基石更有意義。」

外套不再是影子，恢復成了明確的人形，魔法師的姿態。

這副模樣，萬萬想不到不久前他的身體才被砍成兩半。

他憤怒地從拿著法杖的手上拔出箭矢，將其折斷扔在地上。

「雖然計畫被打亂了……能取得更加年輕的馬人，甚至上森人的生命，實屬幸運。」

魔法師像要炫耀似地掀開外套。

女神官忍不住發出悲鳴。

那裡長著臉。

人類——凡人、森人、礦人、圃人、獸人、闇人（Dark Elf），種族各異——的臉。

男女老少，各種人臉貼在魔法師的身軀上蠕動。

明顯是憑藉邪術喚來的惡魔、魔神之力創造的邪惡景象。

不僅如此，那些臉還活著——被迫活著。

僅僅是為了提供這個男人生命而活。

一旦直覺性地意識到這個事實，會失去理智也是無可奈何。

馬玲姬面無血色，彷彿隨時會昏倒，緊緊抓住身旁的銀星號。

因為她想到，自己不久後也會變成**那樣**。

「雖然不知道你是誰——謝了。看你這副寒酸樣，倒還算挺有本事。」

哥布林殺手一語不發。

他沒興趣，也不認為被罵寒酸的人是自己。

只是在自己的口袋裡尋找。

——口袋裡有什麼？

暴風雪之中，圃人在雪洞深處笑著。

自己的裝備。夥伴——夥伴的法術。當下的狀況。敵人的戰力。

例如，沒錯，剛才這名魔法師說了什麼？

他說，「雖然不知道你是誰」。

魔法師不認識自己，意即——

——**那件事**他也一概不知。

哥布林殺手念念有詞。

「有名確實方便。」

至今以來他從未多加留意，不過確實挺有用的。

他迅速在腦中制定計畫，簡短下令。

「剛才那個還有剩吧？」

「咦，喔……」

聽見這沒頭沒尾的問題，礦人道士將手伸進裝滿觸媒的袋子裡摸索，瞪大眼睛。

他接著露出的笑容，宛如準備要惡作劇的頑童。

「……噢，原來如此。」

看見礦人道士的反應，蜥蜴僧侶露出來的，肯定也是蜥蜴人準備惡作劇時的表情。

「小鬼殺手兄可有計策？」

「有。」

哥布林殺手斷言道。

「隨時都有。」

間章

『讓暗殺者無言以對』

Goblin Slayer
He does not let anyone roll the dice.

——肩膀好痠啊。

走到賭場外面的那名男子無意義地轉動手臂，以放鬆肩胛骨附近的肌肉。

當然不是因為那身不適合他的禮服。是他平常背著的，異常笨重的大刀所致。

用整把塗成銀色的木劍也不是不行——

——但獸人的鼻子很靈。

要是他們聞到顏料的味道，肯定會發現是假貨。這就叫所謂的必要經費。

——撇除掉這一點，那些傢伙真的是愚蠢的優良商品。

拜其所賜，他賺到不少錢，在賭場享樂了一番。他反而對那些獸人心存謝意。

擴散至全身的酒精帶來舒適的倦意，走起路來也輕飄飄的，心情愉快。

男子舉起從賭場拿來的酒瓶喝了一口，敬糊塗愚蠢又偉大的獸人。

男子原本是演員。更正確地說，是曾經是冒險者的演員。

他覺得靠冒險賭命賺錢太過愚蠢。

而既然要裝成冒險者賺錢，比起有眼光的客人，愚蠢的獸人更好賺。

最後，他發現獸人——尤其是馬人(Kentauros)的價值，遠比他們支付的觀賞費更多。

他將當演員時建立的人脈，用在還是村民時和還是冒險者的時候，碰都沒碰過的人口販賣上。

客人不分男女，不管是要帶到床上還是拿去當比賽的跑者，公的母的都賣得很好。

——沒關係吧，又不是要把他們抓去吃……

說不定有客人想這麼做，但那又如何？與男子無關。

——畢竟冒險者要「自己為自己負責」。

他來到各個部落，分享精采有趣的冒險故事，騙走愚蠢的年輕人。

然後讓一無所知的他們締結奴隸契約，賣給別人，這就是男子現在的工作。

沒人有資格對他指指點點，是正當的生意。男子這麼認為。

那些傢伙雖然不識字，只要讓他們在契約書上簽名，就等於隨他處置了。

——話說回來……

錢快用完了。

可能是因為上一筆生意談得很順利，導致他不小心太揮霍。

沒辦法。他的字典裡沒有儲蓄兩個字。賺了錢就拿去用，用了就會沒錢，沒錢再去賺錢。

「不過，那種上等貨不常見啊……」

是個令人著迷的美麗馬人。

在草原上，總是痴痴看著遠方的馬人少女。

連看過大量獸人的男子，都覺得再也不會有機會見到的美麗少女。

骨骼不錯，所以肌肉也很結實。宛如完美調音過的樂器的馬人。

起初，男子打算把她賣到娼館。

一般的馬人，他會找個合適的場所賣掉，例如跟馬廄沒兩樣的偏僻妓院，但她不一樣。

——有商機。

有錢人專用的高級店。若是那樣的地方，理應會拿出與她的體重相等的金幣。

而他並沒有那麼做——是為什麼呢？

『我喜歡奔跑。』

男子記得，不知道自己將面臨何種命運的她，在前往水之都的途中說過。

『不是為了戰爭或求生——純粹是喜歡奔跑。』

既然如此，男子決定轉為將她賣到跑者的養成所。

只要能賣到好價錢，哪裡都可以。她就按照自己的心願，跑到死為止吧。

託她的福，男子賺了一大筆錢。事情圓滿收場，四方世界一片和平。

──那麼，接下來要怎麼做呢。

他聽著遠方傳來的喧囂聲，漫無目的地走在街上，尋找下一家店。

考慮到事情有點鬧大，最好要慎重行事，別連續對馬人下手。

下次挑兔人好了，在賭場跳來跳去的那種。

那類型的女孩能賣去當玩具。白髮──

──不對，那是紅髮吧？耳朵是不是尖的？忘記了。

醉醺醺的腦袋，無法正常思考。

──總而言之。

「真感謝那些愚蠢的冒險者！」

「對啊，得感謝冒險者才行。」

男子停下腳步。

回過神時，他走到了四下無人，昏暗的小巷中。

他自己也不知道為什麼會來這種地方，彷彿有一條線在牽引他。

來自身後的聲音他沒印象。男子深吸一口氣，吐氣。

「因為冒險者公會是由國家管的。」

你做得太超過囉。男子在對方輕聲呢喃的同時飛快撲向右側。巨響傳來，千鈞一髮。

下一刻，子彈貫穿身上的外套，撕裂左臂。

灼燒般的疼痛令男子不禁破口大罵。

「天殺的（Gygax）！」

這時男子的右手已經探進懷中。冒險者時期學到的，沒派上多少用場的手法。

——但能夠保命！

「你想要什麼！錢嗎!?」

「魔球（Wizball）。」

回頭一看，刺客——黑手在遮住臉孔的軍帽底下，咕噥了句意義不明的話。

男子以迅雷不及掩耳的速度射出的短劍，被對方拿來當棍棒用的短筒槍擊飛。

不過，這時男子已飛奔而出。拉開距離。轉彎。只要不待在直線上就行。

「嗚啊!?」

前提是他的腳踝沒有被影子咬住。

摔了個倒栽蔥的男子瞪大眼睛。

——這不是我的影子……!!

不明的野獸從男子腳下的黑暗露出一張嘴，咬著他的腳踝。

他試圖扳開野獸的嘴巴，可惜只是白費力氣。如何能夠抓住影子？

奮力掙扎的男子聽見腳步聲，抬起頭，看見一對於黑暗中閃爍的——蝙蝠之眼。

「你做得太超過囉，竟敢砸了冒險者的招牌。」

上頭氣得要命。鎮定自如的聲音，比想像中還年輕。

「跟偽造識別牌招搖撞騙，不是同一個等級的問題。」

「可惡……！」

男人怒罵道，瞪著黑手（Runner）的異形之眼。

「話先說在前頭，我誰都沒殺喔!?我，我只是——」

「有句話叫……殺雞儆猴。」

放棄吧。這句話化為短筒槍槍托的形狀。又重，又沉，又硬。更勝男子的頭蓋骨。

胡桃裂開的聲音響起，為這一切劃下句點。

男子的身體彈了一下便失去力氣，密探用腳將屍體推到巷子的角落——吁出一口氣。

「抱歉，他的反應速度比想像中還快。」

「支援你不就是我的工作嗎？」

一、兩道聲音從轉角處後方傳來。

紅髮森人（Elf）靜靜現身，輕聲咂舌。
接著，死去的男子——馬車夫腳下的黑影變成野獸的模樣站起來，跑到少女腳邊。
她摸了下那隻野獸的頭，黑影和她的影子重疊在一起——沉入其中。
「而且……不能讓這種人繼續活著。」
少女的聲音冰冷至極，如同一根利刺。
這句話聽在密探耳中，也像在說「大可由我動手」。
他大概知道她的過去。也猜得到。還多少有點關係。
正因如此——
「那是我的職責。」
他的語氣輕描淡寫，拋下一句「回去吧」便邁步而出。
「啊，嗯。」
少女困惑地眨了下眼，急忙跟在後面。
沒有交談。
昏暗的小巷內，大都會的暗影之下。遠方傳來喧囂聲，人潮熙熙攘攘，街上的燈光也照不到兩人。
再走一段路就會跟平常一樣，看見夥伴們坐在馬車上等待他們吧。

密探從外套的口袋抽出一根菸叼在口中，少女默默拿出點火器。

他彎下腰，她稍微踮起腳尖。喀嚓一聲，火點著了。

「亂世無窮無盡——那句話是這樣說的嗎？」

「……無法從命運手下逃離，對吧。」

煙霧散發枸杞淡淡的甜味，混入火的祕藥和血腥味中消失不見。

紅髮少女看著密探少年的眼睛，蝙蝠般的光芒不復存在。

他揚起嘴角笑道：

「我眼睛都不知道要往哪擺了……」

「……別說。」

制服外面只披了一件外套的少女摀住臉，頭上的兔耳輕輕搖晃。

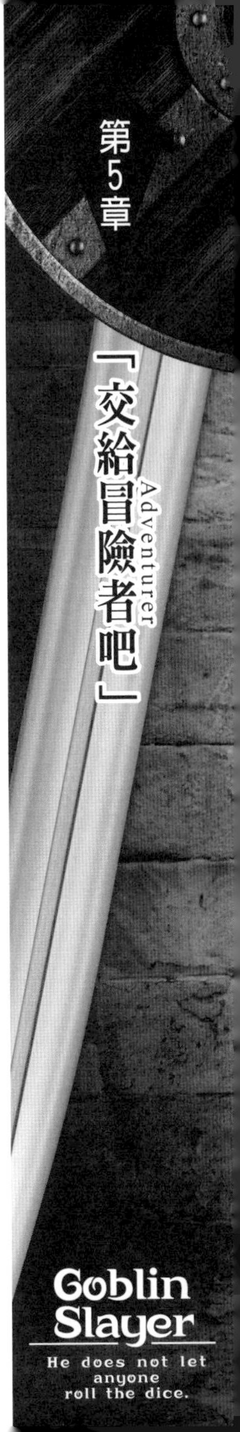
第5章
「交給冒險者吧」
Adventurer
Goblin Slayer
He does not let anyone roll the dice.

「『無須畏懼冰冷的死亡，汝已是沒有生命的肉塊』！」

先攻的是不死的——自稱不死的魔法師。

他的法杖一閃，擲出帶來死亡的閃電，冒險者們立刻散開。

這是「火球」的基本對策，卻會變得難以互相支援。並非萬能。

再說，面對攻擊範圍涵蓋整個局面（Scene）的魔法，這麼做也沒有意義。

「怎麼辦!?」

令人毛骨悚然的寒意從身旁擦過，妖精弓手（Elf）的長耳微微一震。

她飛快從山頂向下跳了一層，躲在遮蔽物後面——那個地方卻稱不上安全。

她敏銳的耳朵，聽見小鬼慢慢從下方爬上菸草岩的聲音。

「GOROGGBB！」

「沒你的事啦……!!」

前方的一隻企圖抓住她的腳踝，上森人（High Elf）優雅地將其踢落。

那隻小鬼於山坡上彈跳，身體扭曲，不斷往下滑，危機卻並未解除。

一隻、兩隻，抵達山頂的小鬼，想必會愈來愈多。

因此，妖精弓手沒有吝於使用所剩無幾的箭矢，朝下方擊發。

「能用來處理那傢伙的時間可不多！」

畢竟——妖精弓手沒有出聲，只是往遮蔽物後方看了一眼。

「怎麼了？冒險者啊。看來你們沒有嘴上說的那麼厲害。」

魔法師得意洋洋，在他身上蠕動的臉孔，生命的數量——當然不是根本上的問題。

問題是那傢伙伸向馬玲姬(Baghatur)，束縛住她的詛咒。

——如果殺了那傢伙，那孩子也死了，還有什麼意義！

即使選擇逃跑，詛咒說不定會一直纏著她，直到奪走她的性命。

話雖如此——她不認為他們被逼入絕境了。

歐爾克博格說他有計策，那他應該會做點什麼。

而且——

「……我會，想辦法！」

深受那名乖僻男子的荼毒，自己最好的朋友大聲說道。

女神官的身影位在遠處的岩塊後面，陪伴攙扶著馬玲姬的銀星號。

「『特尼特爾斯（雷電）……歐利恩斯（發生）……雅克塔（投射）』！」

駭人瘴氣擦身而過，她嚇得驚呼，卻並不害怕。

她緊盯著面無血色，呼吸急促的馬玲姬的臉。

身上沾滿黑血，呼吸也斷斷續續。此時此刻，她的生命肯定仍在流失。

「……有辦法……救她嗎……？」

銀星號握緊馬人（Kentauros）的小手，無助地望向女神官的臉。

那誠懇的視線，沉重得令人喘不過氣。女神官感覺到自己的喉嚨在顫抖。

說出這句話，需要多大的勇氣啊。

如果在場的是比自己更優秀的人，該有多好啊。

可是，只有她。有她在。

——那麼，就該由我去做……！

「交給冒險者（Adventurer）吧……！」

女神官放聲吶喊。彷彿要向天地神明祈禱，將自己的聲音傳達給那個人。

她凝視正面，做好覺悟。

「——請給我一些時間！」

「行。」

在遠處躲避攻擊的哥布林殺手立即回答。

「時機交給妳判斷。」

「是!!」

既然如此，只要把哥布林壓制住即可。他的思考模式很簡單。

哥布林殺手踢落腳下的一塊石頭，觀察它滾下去的過程。

不，不到觀察的地步。僅僅是確認。

「GROGB！？！？」

「GOB!?GOBBGRBG！？！？」

可以確定，石頭會撞到其他石頭，產生連鎖反應，將幾隻小鬼牽連進去。

他已經看清，蜂擁而至的哥布林中沒有施法者。

若那名魔法師有點腦袋，就不會使喚其他會用法術的小鬼。

——光是會用法術，小鬼就會覺得自己的地位與之相同。

比之前那個闇人(Dark Elf)（應該是，他不記得了）聰明多了。

無所欲為的哥布林絕對不強，卻是最麻煩的。

只要處理掉他們，剩下的問題總有辦法解決。

「隨便丟幾顆石頭下去，阻止哥布林。」

「這種粗活就該輪到礦人(Dwarf)和蜥蜴人(Lizardman)上工囉。」

「貧僧和術師兄理應是施法者吶。」

礦人（Dwarf）道士卻幹勁十足地捲起袖子，揮動手斧砍碎岩石。

蜥蜴僧侶（Lizardman）一把將碎石抱起來扔出去——

「GOGBBGB！？！？」

「GRGG!!GOGB!?」

有的被砸中，有的被壓扁，有的明明沒有危險卻急著閃躲，小鬼紛紛墜落。

敏捷地避開石頭的小鬼，則被描繪出不合常理的軌道的木芽箭射中。

跟爬上來的哥布林比起來，這點數量不值一提，但確實爭取到了時間。

可是，這樣就好。

因為女神官向夥伴提出的要求，正是爭取時間。

「竟然想解除我的詛咒，真敢說大話啊，小丫頭。」

黑衣魔法師從容不迫地看著全力奮戰的冒險者。

差不多十五歲吧。年輕女孩所說的話，刺激到了他的矜持。

——不過，因此動怒未免太沒度量。

曾經感受過的冰冷死亡，幫助升溫的大腦冷靜下來。

萬一她真的解開詛咒——喔喔，那真是太棒了。

受到地母神寵愛的少女，拿去當小鬼的孕母實在浪費。

讓她跟上森人一樣為我所用也未嘗不可。魔法師笑了。

——若她無法理解，就去給小鬼玩吧。

頂多撐一兩晚吧。既然派不上用場，這種用法最適合她。

「……行，妳就試試看吧。我不妨礙妳。」

所以，魔法師將法杖指向從遮蔽物後面出現的寒酸男。

沒錯，寒酸男。據說在惡名昭彰的地下迷宮也會出沒的傢伙。

然而，來自鐵盔下方的視線並沒有把面前的魔法師看在眼裡。

彷彿把他當成路邊的石頭——

——令人不快。

每個人都這樣看待他，嘲笑他是沒有價值的愚蠢小鬼。

但現在又如何？他將那些人通通踩在腳底，存在於此。

獲得不死的不是那些愚昧無知的傢伙，而是他。

「『沙吉塔（箭）……印夫拉瑪拉耶（點火）……拉迪烏斯（射出）』!!」

激昂的感情直接轉化成真言，從魔法師的手杖前端迸發。

哥布林殺手奔跑著擲出雜物袋裡的石塊。

「別以為這種小伎倆還會管用！」

他沒有這麼想。不過催淚彈的粉末能遮蔽視線，這樣就夠了。

催淚彈在空中撞上邪炎之箭，炸裂開來，灑出暗紅色粉末。

閃電命中哥布林殺手前一刻還在的位置，擊碎岩石。

因而飄到空中的沙粒及塵土，也成了哥布林殺手的助力。

他混進煙霧之中，用空蕩蕩的左手抓住那東西。

收在新買的刀鞘中，奇形怪狀的飛刀。

雖然不太清楚他是何許人物，對上知名的魔法師，就該打出王牌。

——畢竟價格有差。

從左側由下往上投擲的飛刀，劃出巨大的拋物線襲向魔法師。

這一咬曾經再三拯救他脫離困境，擁有絕大的威力。

「『瑪格那（魔法）……諾篤斯（收束）……法基歐（產生）』!!」

然而，還是無法突破神祕的障壁「力場（Force Field）」。

——足夠了。

抵銷了敵人的一個法術。是符合期望的成果，無法造成傷害並非武器的問題。

他拉扯繩子收回飛刀，拔足狂奔。

例如用刺鍊（Spike Chain）嚇阻敵人後，迅速補上一擊。

他完全不覺得自己做得到那種高手般的技術。

「怎麼？結果還是只能四處逃竄嘛……！」

魔法師似乎在嚷嚷什麼，哥布林殺手毫不關心。

本來就沒必要聽敵人說話。

——用凡人(Hume)的語言大叫的小鬼薩滿。

哥布林殺手判斷，這個人跟那沒什麼兩樣。

既然如此，就算是自己也能爭取時間。而只要爭取到時間。

——能幹的冒險者自有辦法。

§

「嘶……呼……」

女神官也將那些無關之事拋諸腦後。

對現在的她來說，四面八方只有晨光及正在受苦的朋友。

平坦的胸膛上下起伏，將黎明的空氣吸入肺部，緩緩吐出。

接受充斥世界的神氣，令其在體內循環、匯聚。

「嗚……嗚……」

女神官輕輕撫摸馬玲姬被黑血玷汙的臉頰，闔上雙眼。

——幸好不是第一次。

不對，不好說。第一次的時候，她或許有做到清空思緒。

現在——有點不安。會不受控制地去想，自己辦得到嗎？

那不是對眾神的不信，而是對自身的不信。

——同時也是對地母神的不信。

是對「神絕對會聽見我的聲音」這個信仰抱持的疑惑。

——啊，不行，不可以。

不能像這樣胡思亂想。

雜念絕對不會消失。因此意識到雜念後，就要回到原點。

保護、治癒、拯救。她配合呼吸，反覆朗誦這三句聖言。反覆朗誦。

一有雜念浮現腦海，就再回到原點。如此重複。再三循環。

在這個過程中，思緒豁然開朗的瞬間突然降臨。靈魂激昂。

——沒問題的。

地母神很溫柔。而且，那個人在努力。

——而自己是冒險者。

女神官祈禱著。

「『慈悲為懷的地母神呀，請以您的御手，潔淨我等的汙穢』!!」

沒有神明會不回應祈禱者(Prayer)的祈禱。

天上的棋手(Prayer)們，不會背叛祈禱者(Prayer)。

只要祈禱者（Prayer）在冒險的路上，棋手（Prayer）一直都在他們身邊。

儘管絕對無法保證勝利，「宿命」與「偶然」的骰子必定會擲出。

因此。

女神官曾經犯下錯誤，之後卻帶來救贖的祝禱。

慈悲為懷的地母神聽見虔誠信徒的願望，引發「淨化（Purify）」的神蹟。

「嗚、啊……」

溼潤的觸感滑過臉頰，馬玲姬為它帶來的舒適感眨了好幾下眼。

用指尖輕觸，那東西在晨光下綻放金光。

是水。

她這輩子從未見過如此清澈、透明、潔淨的水。

充滿邪惡詛咒的血，已經不存在於這片大地上。

既然如此，以那些血為媒介的詛咒，自然也會隨之消失。

——幸好還沒完全乾掉。

假如血已經乾掉了，想必不會這麼順利。

「這是……？」

「……地母神很厲害的。」

女神官放下心中的那塊大石，微笑著說：

「我不是說過嗎？」

這樣神蹟的次數就用完了。剩下能做的，只有憑一己之力做得到的事。

因此，她收斂卻驕傲地挺起胸膛吶喊：

「——趁現在……!!」

§

「莫非……！」

魔法師為忽然降臨於身上的異狀呻吟出聲。

那個小丫頭不知道用了什麼手段，難道她解除了他的詛咒？

怎麼可能。他認為不可能發生那種事。

不然——那種傲慢的想法就不會閃過腦海了吧。

——管他的！

他想到藉由魔神之力埋進體內的眾多生命。

區區一條命。只不過是一輩子而已。那種東西要多少有多少。

「……！」

然而，不死魔法師還沒念咒，哥布林殺手就採取行動了。

他的右手一閃，古塚劍劃破天空。

不曉得從哪翻出來的那把劍，原本是由小鬼使用，但它確實稱得上武器。

術師的注意力中斷，魔法屏障消失後，即可充分發揮本領。

「……嘎!?」

腐朽的鏽劍刺進魔法師胸前，他的上半身用力向後仰去。

當然沒死。

這可不是古代人為了殺死黑騎士而鍛造的劍。

即使刺中了他，維繫生命的魔法也不會解除。

他吐著血，生命之火消失，依然站了起來。

然而——

「『妖精啊妖精，把你忘記的東西還給你。錢你自個兒留著，快快賜我好運』！」

礦人道士扔出的壺裡溢出無限的油，不讓他得逞。

妖精忘記的東西，與現世利益無關的香油，像大海似地舔遍山頂。

「唔喔，喔……喔……！」

滑倒，跌倒，摔倒。

魔法師在油浪中揮動四肢，因強烈的屈辱破口大罵：

「這種兒戲……!!」

他想拔出刺在胸膛的劍，手卻滑了開來。身體是滑的。站不起來。

光是握緊手杖以免弄掉，就竭盡全力。

——不過，可是，那又如何？

他並未喪命。因為油而滑倒了，然後呢？那又如何——

「『喔喔，高尚而惑人的雷龍（Brontos）啊，請賜予我萬人力』!!」

魔法師抬起頭，映入眼簾的是可畏的龍。

蜥蜴人將父祖的力量賜予的怪力發揮至極限，於地面狂奔。

「咿咿咿咿咿咿呀啊啊！！！」

雙腳的爪子穿過油膜，抓住岩石，穩穩將身體送向前方。

一直線。魔法師發現自己位在他前進的路線上，放聲大叫。

是咒文，是詛咒，還是單純的怒罵？或者沒有意義？

無論如何，冒險者都沒有聽見。

下一刻，凝聚全身的力量及速度的尾巴，敲碎他的下巴。

「————……！？！？！？」

魔法師飛向空中。

被油浪沖走，撞上菸草岩的岩壁。

發不出聲音，再怎麼掙扎都沒意義。
如果他在途中——拔出劍刺進岩石，應該有辦法停下。
然而，附著在全身的油不允許他這麼做。
每一次與岩山的碰撞，都會導致骨頭斷裂，內臟破裂，身上的肉被削下。
過了近乎永恆的時間——他才摔在四方世界的大地上。

§

「唔，看似還活著。」
「比想像中更頑強。」
下方。
魔法師化為滲入地面的黑色汙漬，蜥蜴僧侶和小鬼殺手看著這幅景象說道。
即使是不死身，全身的骨頭及肌肉都粉碎殆盡，也沒辦法輕易起身。
——不死身和食人鬼（應該是叫這名字）不一樣啊。
哥布林殺手低聲沉吟，世上果然充滿未知之事。
「沒辦法，畢竟不死身的謎團尚未解開。」
礦人道士用手指將金幣彈向空中。

亮晶晶的金幣於空中轉了圈，在掉進油海的同時染上黑色。
地面的油跟魔法一樣瞬間消失，只剩一小塊無用的金屬片。
「順便說一下，事情還沒解決哩。」
沒錯。
「GROGB！GBBOGBRG!!」
「GOGGBRGBBGR!!」
負責引發落石的兩人停下了動作，小鬼不再受到阻礙。
那些傢伙在想，白痴才會被零星擊發的箭射中。
「真是夠了，結果這次又是哥布林！」
妖精弓手大叫著拉弓，轉眼間射出三箭。她會這麼哀怨再正常不過。
小鬼群如同湧向掉在地上的點心的螞蟻。
墜落的魔法師仍在蠕動著生存。
時間是冒險者的敵人。
終點一分一秒逼近。光是思考，就會愈來愈接近死亡。
——無所謂。
跟活著一樣。
女神官和銀星號一起從兩側支撐馬玲姬，點頭。

既然如此，只能盡己所能，把做得到的事做好。
太陽從棋盤邊緣完全露了出來，照耀四方。
這裡是塚山，周圍有一群小鬼，岩石，剛才的攻擊。我方占地利優勢。
——哥布林殺手先生會怎麼做？
啊，那麼，一定是。
「——弄垮吧！」
哥布林殺手果斷回答。
「就這麼辦。」

§

妖精弓手默默仰天長嘆。地母神正在掩面，所以她這麼做一點意義都沒有。
「到底為什麼會變成這樣……」
「啊，沒有，那個，我當然知道這裡是重要的塚山！」
女神官不曉得如何理解她的嘆息，急忙說明。
「可是這塊聖域已經遭到玷汙，就算想淨化，以我一個人的力量……」
神蹟也用完了，做為神官的技術也不夠成熟。

換成六英雄之一的劍之聖女，倒是另當別論。

但這個瞬間，不可能請她來到這裡加以淨化。

「而且，那個，我還沒有想到要怎麼弄垮它……」

「由我來想。」

哥布林殺手毫不猶豫。

不如說，這句話等於在暗示他的腦中已經有想法了。

冒險者很清楚這男人會幹出什麼好事。

「不過，是否不能弄垮？」

「咱們不清楚馬人的信仰……」

礦人道士豪邁地喝下所剩無幾的酒潤喉。

現在是關鍵時刻，餘力和酒都不能省。

「兩位公主意下如何？」

「直接重新蓋一個比較輕鬆，我覺得不錯。」

銀星號帶著以苦笑來說過於模糊、又不像什麼都沒在想的清爽表情說道。

「可是——」

她用手為靠在旁邊的年幼馬人少女梳理頭髮。

臉色比剛才好一些的少女，疑惑地抬頭望著銀星號。

「……公主殿下？」

「我已經離開這裡了。該由活在草原上的妳決定。」

「………………」

馬玲姬沒有立即回答。

她咬住下唇，雙唇緊閉，看向說不清是大地還是天空的地方。

小鬼的叫聲緊逼而來。空氣中殘留著淡淡的血腥味。將這一切帶走的風。

風在吹。

在黎明的天空下，廣闊無垠的草原上吹著。

——啊啊。

公主殿下不打算回來了。

那就是答案。那麼，自己現在該做出的決定是——

「……拜託你們了。」

答案直截了當。馬玲姬誠懇地看著女神官——哥布林殺手。

廉價、斷角的鐵盔。底下是什麼樣的表情，仍舊不得而知。

不過……自己的意志確實傳達到了。

不知為何，有這樣的感覺。

「好。」鐵盔乾脆地上下移動。「那就弄垮。」

他以毫無起伏的語氣，平淡地說出迅速在腦中制定好的計畫。

妖精弓手聽了垂下長耳，女神官點頭表示理解。

銀星號及馬玲姬似乎還搞不清楚狀況——

「貧僧也還留有法術，可以配合。」

感覺到鬥爭的氣息，蜥蜴人武僧喜孜孜地扭動尾巴，伸長長脖子。

既然他這麼有幹勁，礦人道士也專心動起歪腦筋。

「我也該加把勁囉。要是山垮了把咱們牽連進去，那可不是鬧著玩的。」

三個人的知識量足以與知識神匹敵，但這三個人儼然是三個頑童。

——俗話說，三個壞小孩連死神都趕得走……

「就是因為你也不阻止，這孩子才會被歐爾克博格荼毒……」

「我、我沒有被荼毒啦……！」

妖精弓手心疼地抱緊她，女神官用微弱的聲音抗議。

在戰場的正中央，這五個人卻樂在其中的樣子。

那就是冒險者嗎？這就是冒險嗎？

馬玲姬眨眨眼。

——是嗎？

確實是草原沒有的東西。

§

「我說，不可能辦得到吧……!?」

馬玲姬手握綁在山頂的一塊岩石上的繩索，發出近似悲鳴的聲音。

出門時別忘記帶。鉤繩牢牢纏在石頭上，跟夥伴們繫在一起。

女神官拉了下繩結確認有無綁緊，一副理所當然的態度。

「如果逞強或亂來就能贏，就用不著辛苦了……」

妖精弓手默默用手肘輕戳哥布林殺手的側腹。

「唔。」

「拜託你教她正常一點的觀念。雖然現在講這些也來不及了。」

她散發一股怨氣，哥布林殺手再度陷入沉思。

「那很正常吧？」

「是沒錯。」

我就知道。妖精弓手發出夾雜無奈、心死、親暱的笑聲，抓住繩索。

「那要不要對那孩子也說幾句話？」

蜥蜴僧侶和礦人道士專注地做著準備。

前面是待在銀星號旁邊，神情焦慮的馬玲姬。

理應是俘虜的銀星號還比較有活力，真是神奇的畫面。

哥布林殺手思考片刻，咕噥道。

「聽說鹿辦得到，馬人不行嗎？」

「……我就做給你看！」

馬玲姬立刻齜牙咧嘴地大吼，彷彿在叫人不要瞧不起她。

用不著說明，他當然沒有惡意，完全是純粹的疑惑。

儘管如此，把馬人和鹿人拿來比較，馬人怎麼可能受得了。

「哈哈哈！」

銀星號發出十分愉快的笑聲，握緊繩子。

「那我們得好好跑一趟才行。」

「啊，等等，公主殿下……!?」

「我也好幾天沒跑了。不先暖暖身子怎麼行？」

她像個為第一次玩的遊戲感到興奮的孩子，女神官鬆了口氣。

繩子沒問題。大家都連接在一起。她們兩個——

——她們兩個看起來也不必擔心……

確認過後，女神官向哥布林殺手點頭。

「好。」

哥布林握住繫在腰上的繩子，雙腿施力。

「隨時可以動手！」

礦人道士聞言，驅使短手短腿爬到岩石上。

如果是能供所有人爬上去的巨大岩石就好了，無奈事與願違。

先不說身形魁梧的蜥蜴人，要連兩位馬人少女都容納得下，實在不簡單。

——那麼，得靠現有的材料想點辦法。

他一掌拍在巨岩上，喝下最後一滴酒。

「來囉，長鱗片的！」

隊伍最後方，同樣用繩子綁住身體的蜥蜴僧侶大吼一聲。

「『沉眠於白堊層的諸位父祖啊，請以諸位所背負的時光之沉重，帶走此物做為陪葬』!!」

山崩的聲音與雷鳴相似。

幾經風霜堆積成山的岩石，成為根基的那塊巨石。

在蜥蜴僧侶的祝禱下，承受不住亙古時光的重量，開始崩解。

儼然是過於巨大的布丁被自身的重量壓垮。

由大量石頭蓋成的菸草岩，朝四面八方崩塌。

岩石與岩石互相碰撞，出現裂痕，碎裂，滾落山坡。
若有人從遠方看見這一幕，應該會覺得速度並不快。
然而，那是這塊岩石的大小造成的錯覺。
身在其中的人可不這麼認為。
暴風般的岩塊是可怕的大劍兼戰鎚。
一旦遭到吞噬，身體會四分五裂，絞成碎屑，不可能存活。
再加上速度這麼快，哪有辦法逃離——
「『土精(Gnome)唷土精，甩桶成圈，一甩再甩，甩夠放手』!!」
然而，唯有用繩索與冒險者連接的那塊巨石以異常的速度飛出去。
沒錯，飛出去。不是滾落，而是直線飛往正下方，彷彿在滑行。
「唔、哇、哇、哇、哇……!?」
女神官下意識用力抬腳掙扎，以踩住斜坡。
想當然耳，下方的地面也在逐漸崩塌。踩住岩石一蹬，像跳躍似的。
沒錯，用繩索跟巨岩綁在一起的冒險者們，降落速度也在礦人道士的控制下。
她費盡苦心避免帽子飛走，試圖將注意力集中在站穩腳步上。
——這，還真是……!
比在雪山坐在應急雪橇上滑行時，以及踩著沙海鷂魚(Sand Manta)的背移動時更刺激。

——說不定，會死……!?

正因為有這樣的危機意識，才顯得不可思議。

耳邊的輕笑聲，應該是出自看不見的妖精口中。

——啊啊，不過……

跟紅龍和在水之都地下的冒險，還有最初的冒險比起來……

——……沒那麼可怕呢。

思及此，臉上不知為何綻放笑容。或許只是嚇得嘴角抽搐就是了。

「大家……還好……嗎……!?」

「我覺得歐爾克博格是大笨蛋……!」

看妖精弓手還有精神大叫，想必沒事。

上森人的長耳連尾端都高高豎起，但她依然優雅地於斜坡衝刺。

女神官根本無法想像她狼狽摔倒的模樣。

「唔、哇、喔、喔……喔……!?」

相對的，馬玲姬只能用拚了命來形容。

她咬緊牙關，衝下陌生的岩地。

沒人習慣這種情況。理所當然。

就算這樣，還是得繼續奔跑，因為停下來就會死。

而且，旁邊有銀星號和朋友在。

她察覺到女神官的視線，沒空開口。

僅僅是目光交會，點頭。對女神官來說，如此便足矣。

「前面有哥布林……！」

這時，銀星號大叫道。

她在滾落的岩石前方，看見附著於斜坡上的綠影。

「還有好多……！」

哥布林殺手回答：

「不成問題！」

第一波接觸的敵人，是碰巧在剛才的戰鬥中免於滑落的小鬼。

稍微往下滑了一些，武器卻勾住斜坡，幫助他們停留在原地，不知道是幸運還是不幸。

然而，等待小鬼的下場並不會因此改變。

「哼……！」

「GROORGB！？！？」

那隻哥布林被與巨岩一同衝過來的小鬼殺手一腳踢落。

「GBBGR!?GBGBGRROGB！？！？」

於斜坡上翻滾，骨頭斷裂，肉被撕扯下來，很快就會斷氣。

而那隻哥布林還不是最不幸的。

「GBBO!?」

「GOBOOB！？！？GBOGOBOGOB！？！？」

其他大量的哥布林，都成了從天而降的落石的犧牲品。

哥布林殺手一行人，已經連死前的慘叫都聽不見。

震耳欲聾的雷鳴，蓋過小鬼的叫聲及肉與骨斷裂、被輾碎的聲音。

「就這樣一口氣滾到遠方！」

又一隻。小鬼殺手打倒緊抓著他不讓他逃掉的小鬼，大吼道。

「下去後又被捲進去就沒意義了！」

飛濺的沙粒頻頻擊中鐵盔再彈開。

森人或馬人的耳朵，肯定聽得見小石子發出的叩叩聲。

女神官也隔著帽子感覺到碎石掉在上面帶來的疼痛。她沒有勇氣抬頭看。

「只要關心繩子就行！」礦人道士跟著大吼。「斷掉就玩完了!!」

「是……！」

女神官不知道他聽不聽得見。自己的聲音和其他人的聲音都傳不進耳中。

大家都在拚命。蹂躪小鬼，向前奔馳，只想著活下去。

她想到夥伴的平安。想到大家要一起回去。想到朋友。

因此——那名魔法師的存在，已經被女神官忘得一乾二淨。

§

「呃、啊……!!」

即使全身如同字面上的意思被壓成肉泥，不死魔法師的頭銜仍未改變。

他在大地上掙扎著，試圖將四肢的碎塊接回去，痛苦不堪。

被巨人掐緊，使勁一捏，應該就能嘗到這陣劇痛的滋味。

——該死的，冒險者……!!

跟自己天差地遠，愚昧無知又無價值的混帳東西。

那種廢物竟然妨礙偉大的自己，反將了他一軍。

不可饒恕。絕對要報仇。

必須盡快把肉拼湊回去，接好骨頭，重新站起。

這麼一來——那幾個小混混根本不值一提。

都到了這個地步，魔法師依然毫不反省自己。

跟他總是在其他人身上，尋找過去的自己受到嘲笑的理由一樣。

某方面來說，這麼做絕對沒錯。

世上有許多人會因為對方胸懷大志，就指著他嗤之以鼻。

不過——魔法師完全不記得自己的所作所為。

不記得自己活到現在，踐踏了多少人的願望及希望。

他肯定從未思考過。因為他認為這是正常的。

那是傲慢，也是輕忽。

而他的目中無人，化為重量及數量足以令人失去意識的土沙。

「喔、啊啊、啊啊……！？！？」

魔法師無法理解發生了什麼事。

超乎尋常的重量壓在自己身上，碾碎即將拼湊回來的肉與骨。

身體一被輾碎，魔法師儲存的生命就自動消耗，以治療傷口，接著再度被岩石壓垮。

他一根手指都動不了，一口氣都吐不出來。

不死並非無敵，也並非永恆，自己為什麼沒想到呢？

為何以不死為目標，然後就滿足了？

這個四方世界可是有死之王，以及度過無盡的時間，連死亡這個概念都不復存在的古老生物啊。

也許，他可能有過往更高處邁進的機會。

然而就算他想思考，腦殼也被巨石擊碎，腦漿四濺。

肉麵蠕動著想恢復原狀，如此便是極限。

存在於該處的——是已經連自己是什麼人都搞不清楚的肉塊。

§

回過神時，女神官發現自己身在籠罩四周的沙塵中。

腳踩在地面上。身體沒受傷，沒看見哥布林。其他人呢……？

「管他是什麼不死身，只要埋起來，就再也不會出現。」

——找到了。

看見那個人若無其事地站著，女神官鬆了口氣。

哥布林殺手毫髮無傷。雖然滿身塵土，還是一樣髒兮兮的。

其他人亦然。

「跟小鬼不同。」

很好對付。

他簡短補充道。

他的思緒，應該全跑到那些被壓扁的小鬼身上了。

或是在想著要去討伐逃走的小鬼和惡魔犬（warg）。

礦人道士盤腿坐在岩石上，嘆了口氣，似乎在為見底的酒葫蘆感到惋惜。

「百年或兩百年過後，搞不好又會爬出來。」

「與我無關。」

「跟我倒是有關係。」

妖精弓手靠在石頭上，「啊——啊——」叫了聲，看著塚山的遺跡。

她露出無奈的微笑輕輕聳肩。

「真是的，本來明明是要拯救馬人公主，最後又變成剿滅哥布林。」

如同數日前的預感，她誇張地嘆了一大口氣。

「……被龍抓走是不是比較好？」

銀星號的表情相當認真，妖精弓手笑道：「拜託不要。」

——原來如此。

所謂的公主確實是那樣。自由奔放，隨心所欲，如風一般。

女神官和馬玲姬四目相交。

她覺得自己理解了存在於她和銀星號之間的某種聯繫。

跟連接自己和妖精弓手的類似——

「……石頭又要重堆了。」

講完這句話，馬玲姬笑了。

彷彿有一陣風吹來，擺脫至今以來令她如此緊繃的事物的笑容。

她天生就能展露的自然微笑。

「很多馬人和旅人會經過這裡，之後還會蓋出一座塚山的。」

「要不要立石碑？」

女神官輕笑著開了句玩笑。

「寫著『這裡封印著邪惡的魔法師，請小心』……之類的。」

「然後於一百年後，出現心術不正的不信邪之人，認為這是迷信將塚山挖開，使其復活。」

蜥蜴僧侶愉悅地開著不好笑的玩笑，露出利牙。

他悠閒地著手解開繩子，妖精弓手跑了過去。

「我幫你。」

有些事比起蜥蜴人的利爪，上森人纖細的手指能做得更好。

「凡人就是這樣。」

「難怪四方世界到處都是冒險的種子。」

身為凡人的女神官只得苦笑。

「無妨。」

哥布林殺手卻像在祈願、祈禱似地小聲說道。

就算是一百年或兩百年，抑或千年後的事。

倘若真的發生那種事，真的發生那樣的災害。到時就，到時的——

「冒險者會處理。」

§

那一天，水之都的競技場被歡呼聲淹沒。

曾經有位男爵夫人為了勸誡對百姓徵收重稅的領主，一絲不掛地遊街。

也有她是馬人的說法，總而言之，這是以她為名，值得紀念的重要比賽。

「雖然她是馬人的這個說法，幾乎沒有可信度。」

女商人淘氣地笑了。

「不過這不是史書，是祭典，大家想增進情誼，總要有個理由嘛。」

競技場的觀眾席——其中最高級的貴賓席。

能夠俯瞰整個賽場，附屋頂，有柔軟的坐墊，能放鬆休息的空間。

有資格受邀的，當然只有女商人珍視的對象。

她將配合這一天開賣，用上帝的果實（Cacao）做成的糖果遞給眾人。

「再加上今天是——」

「……銀星號重返賽場的日子嘛。」

妖精弓手道謝後拿起褐色的糖果，扔進嘴巴。

從舌頭到整個耳朵都為之麻痺的甜，以及淡淡的苦味瞬間擴散開來。

跟森林裡的果實不能比。吃起來根本是砂糖，有股魔力。

妖精弓手抖動身子，忍不住吁出一口氣。

「……好厲害。」

「唔。」

聲音來自於正好拿起糖果的馬玲姬。

她仔細觀察準備吃下去的糖果，垂下頭上的耳朵。

「這個糖果嗎？」

「妳的公主殿下。糖果也是啦。」

聽見後面那句話，馬玲姬提心吊膽地將糖果含入口中。

她立刻豎起雙耳——看來也嘗到了暴力的甜味。

尾巴連末端都繃得緊緊的，花了短短幾秒鐘放鬆下來。

她陶醉地吐氣……望向遠方。

「嗯，公主殿下……應該很厲害吧。」

視線前方是填滿觀眾席的廣大群眾。

數位馬人跑者認真地於賽場上奔馳，做為開場表演。

歡呼聲震耳欲聾。少女們使出全力，如同疾風向前衝刺。

有勝者，也有敗者。在正式的戰場上，這是必然的。

不過——所有人都受到觀眾的祝福，受到稱讚，得到榮譽。

能聚集這麼多人的——正是名為銀星號的公主。

就算花上一輩子——自己肯定做不到。

「之後妳打算怎麼做？」

妖精弓手忽然詢問，馬玲姬將注意力從思緒之海拉回來。

「這個嘛。」

她喃喃說道——其實答案早就決定了。

「我想回草原去。不對，得先跟姊姊報告。可能會挨罵就是了。」

她苦笑著說，妖精弓手發自內心表示贊同。

「姊姊就是那樣。」

「感謝歸感謝，真的很令人困擾。」

兩人紛紛點頭，目光交會，然後笑出聲來。

——對了。

女商人現在才想到，她是森人皇后的妹妹。

她沒有忘記，可是不知為何，她給她的感覺比較接近朋友。

或者說——雖然她們只一起冒險了一、兩次，而且也不是多正式的冒險……

——旅伴。

可以這樣稱呼她嗎？

女商人把手放在形狀姣好的胸前，以掩飾害羞，刻意做出安心的動作。

「這起事件也順利解決了，真是萬幸。」

這是她的肺腑之言。因為對於跟比賽有關的人來說，事關重大。

自己贊助的馬人未必不會遭受波及。

更何況，萬一這是企圖影響賽局的陰謀——

——幸好不是。

比賽發生不吉之事，會影響損益。

損益會影響跑者、馬人的價值，會影響熱衷於此的人們的興致。

自古以來，大多數的人都會因為沒有利益，認定某些事物是無用、無價值的。

這一點，女商人再清楚不過。

聽說要前來調查的諮詢偵探，也很滿意事件的結局。

光是接獲簡單的事件報告，他就表示「正義得到伸張」。

——既然那名魔法師最後被封印了。

是否可以當成殺死教官的犯人也已經落網？

「這樣算是……圓滿解決了吧。」

女商人彷彿在重新確認一遍，瞇起眼睛。

舒適的風夾雜在瀰漫競技場的熱氣中吹來。

那陣風繞著圈揚長而去，像在為觀眾的情緒及興奮感到喜悅。

「到頭來，我對於城市、這種比賽、冒險……都不太瞭解。」

馬玲姬嘟囔道。

「不知道妳們為何如此著迷，姊姊和公主殿下為何要離開故鄉。」

可是——

「這裡應該有草原所沒有的東西吧。」

「……是啊。」

「嗯……我也這麼覺得。」

女商人和妖精弓手附和道。

想找到家裡、故鄉沒有的東西——立志成為冒險者。

有失，也有得。

那些事物，無疑是維持現狀無法獲得的。
然而，不是每個人都希望一輩子只顧著追求那些。
在馬玲姬的人生中，這次的冒險是難得的經歷。
她不是冒險者，絕非以冒險維生之人。
「不過——」馬玲姬說：「我也找到了共通點。」
「是什麼？」
「風。」
馬玲姬望向朋友。望向朋友身後，觀眾席後面的遼闊蒼穹。
望向拂過臉頰，牽起髮絲，跳著舞離去的風。
「這裡和故鄉，都有風。」
所以很好。馬玲姬笑了。
是在菸草岩展露過，完全放鬆下來的自然柔和笑容。
「所以，我要回去。而且姊姊和公主殿下，都不是永遠不回來吧？」
為了到時能在吹著宜人微風的草原上迎接她們。
四方世界的天空都是相同的，風也一樣。
既然有在故鄉看不見的事物——也會有只能在故鄉看見的事物。
「哎，每個人要走的路不一樣。」

默默聽著——專注在比賽和喝酒上——的礦人道士從旁拋出一句話。

他滿足地將疑似剛中獎的馬券收進懷中。

然後露出一口白牙。

「只要不走歪路，儘管抬頭挺胸向前行。」

「是的。」

同意礦人道士這句話的，是女商人。

她不認為自己有走歪。

跌倒，受傷，握住別人的手，站起來，走到這一步。

因此才有現在——她相當滿足。

「哎呀。」這時，妖精弓手湊向蜥蜴僧侶。「你還沒吃嗎？」

她的興趣似乎從現在的對話，轉移到了剛才的糖果上。

「對貧僧等人而言，這東西是用來提神的吶。」

「裡面有加牛奶，跟起司差不多吧？」

「似是而非——唔，甘露，甘露。」

看來他挺喜歡的。

在這個貴賓席，即使是身材壯碩的蜥蜴僧侶和馬人少女，依然能愜意地坐在一起。

妖精弓手也能好奇地四處張望。

而且——就算那名裝扮奇特的冒險者在場，也可以不用顧慮外人的眼光。

「久等了。」

然而，貴賓席附帶的侍者們會感到驚訝，也是無可奈何。

不如說他們能夠維持鎮定，只有表情有些微的變化，已經值得嘉許。

畢竟一名形似活鎧甲（Living Mail）的男人，突然從門後出現。

女商人忍不住苦笑，用肢體語言向他表示沒關係。

「慢死了，歐爾克博格！」

「還沒開始吧？」

「是沒錯。」

大聲抱怨的妖精弓手鼓起臉頰。

哥布林殺手一副對話到此結束的態度，大剌剌地隨便找了個位子坐。

「如何？」

女商人將杯子遞給他，從酒壺裡為他倒了杯葡萄酒，一面詢問。

「她願意給你嗎？」

「她說要等到比賽完。」

簡潔有力的回答。東西本身雖然稱不上特別，那可是銀星號的。

——應該很多人想要吧。

但如果這次真的有人有辦法獲得它，應該只有這幾位冒險者。

「據說那是幸運的象徵……我搞不太懂就是了。」

哥布林殺手跟喝水一樣將酒一飲而盡。

被鐵盔遮住的視線，究竟在注視何方？

他看起來在望著觀眾席發呆。

坐在那裡的人們吆喝著，為馬人瘋狂，彷彿把她們當成英雄。

人們翹首盼望銀星號的出現。

最後，他低聲沉吟，靜靜點頭，開口說道：

「看得出，那個公主很厲害。」

「嗯。」

馬玲姬點頭。

「嗯，沒錯……！」

公主殿下很厲害。她驕傲地說。

歡呼聲刺入耳中。

又一場比賽結束，勝者誕生。

為勝者獻上榮光，讚揚敗者精采的表現吧。

因為在場的每位選手，都是竭盡全力在奔跑。

「你一個人來的嗎？」

女商人面露疑惑。

「那孩子呢……？」

「喔。」

哥布林殺手點頭。

「她說，要去確認回報委託時需要的情報。」

§

競技場的巨大歡呼聲熱鬧至極，在這個地方聽起來卻顯得十分遙遠。

通往賽場，設置於觀眾席下方的通道。

唯有還稱不上勝者，也不是敗者的人能踏進的地方。

陽光也照不進來，光源只有零星的燭火。

——簡直像一座迷宮。

女神官腦中浮現這樣的想法，接著噗哧一笑。

自己明明只挑戰過一、兩次迷宮。

不過，充滿戰鬥的緊張感的氣氛，確實與迷宮類似。

人們的聲音如同浪濤聲，從遠方傳來，迴盪四周，而她身在其中。

美麗緊實的肉體上穿著鮮豔服裝，榮耀的跑者。

額前有一束流星——是銀星號。

面對重要的比賽，她仍然閉著眼，心不在焉的樣子，而這絕非輕敵的表現。

儼然是尚未架上箭矢的弓。繃緊的弓弦。

因此——她非常猶豫該不該呼喚她。

「不好意思。我有想過要在比賽前來找妳，還是等比完賽再說……」

獨自留下的女神官，下定決心開口。

「但我還是覺得……最好先跟妳說清楚。」

「……噢，嗯。」

銀星號看著空中，眨了幾下眼後才開口。

「沒關係。比賽前大概比較好。肯定沒錯。」

女神官隱約猜到她的意思。

在這個前提下——

「我——」

「……我想了很多。」

她打斷銀星號說話。

銀星號對於這個舉動沒有多說什麼。

僅僅是表現出百無聊賴，或者不感興趣的態度。

女神官毫不介意。她原本就不是來尋求答案的。

「說起來──」

那個人說過，擄人的馬車夫與這起銀星號失蹤事件無關。

確實如此。

馬車夫是以販賣人口賺取利益為目的，把事情鬧得這麼大沒有意義。

用顏料蓋住額前那顆流星的銀星號，應該會立刻出現在其他地方的比賽上。

因為事情鬧得太大，索性把銀星號殺掉的可能性也不是沒有，不過──

「既然妳還活著，就可以排除了。」

女神官豎起纖細的手指抵在脣上，思考著。

可是──這樣還有一個問題。

殺死那名教官的，是不死的魔法師嗎？

吸收死者的臉孔，誇耀不死之身的那個男人？

還是碰巧發現馬人少女，未經思考就動手的小鬼幹的？

──如果是哥布林殺的。

遺體不可能維持在看得出死者的狀態。
因為是男人？這理由說不通。
女神官還記得那位令人懷念的戰士悽慘的下場。
樂於虐待獵物，是小鬼的天性。
不管犯人是誰，都不可能留全屍。
那麼──那麼。
不是魔法師。不是小鬼。也不是馬車夫。
既然如此──
「……在場的除了身亡的教官，只有一個人。」
「…………」
銀星號沒有馬上回答。
只是看著腳邊，跟即將闖入墓室的冒險者一樣。
然後──像在嘆息似地輕輕吐氣。
「我有個朋友蹄子明明不舒服，卻完全沒表現出來，全心全意地奔跑著。」
她的腳步聲如同閃電。聽見這句話，女神官理解了。
是前幾天在競技場和養成所看到的那位美麗的馬人跑者。
看見女神官的表情，銀星號也輕輕點頭。

「她的腳力很驚人，可是身體太壯了，馬蹄似乎承受不住。」

「這……」

「但她還是沒有停止奔跑。」

除了她以外，還有各式各樣的跑者。

只想著全力奔跑，以勝利為目標的人。

純粹喜歡跑步這件事的人。

一心求勝，無論如何都不肯認輸的人。

銀星號說著一位位與自己並駕齊驅，爭奪第一名的跑者。

她的表情——如同想到以前的，以及現在的同伴的女神官。

「所以——」

銀星號說道。所以——

「一想到大家，我就受不了她們為了賭博被拿去糟蹋。」

——恐怕，這就是那一晚發生的一切。

連不諳世事的女神官，都大概想像得到。

為錢所苦，因此想砍傷銀星號的腿，以操縱比賽的結果。

看到她失蹤時釀成的騷動，以及觀眾現在有多瘋狂就知道。

她那只為了奔跑而歷經鍛鍊的美麗四足，具有黃金的價值。

銀星號看見女神官的表情，發現她全都明白了。

馬人跑者露出淡漠的——領悟到自己不切實際的願望無法成真的，心死的笑容。

「那麼……妳打算怎麼辦？」

「沒怎麼辦呀？」

女神官乾脆地說：

銀星號睜大眼睛。高高豎起的耳朵晃了下，甩動尾巴。

一頭霧水。沒有比這更能表達這個意思的動作。

女神官緩緩搖頭，驕傲地挺起平坦的胸膛回答：

「因為我是前來拯救馬人公主，剿滅小鬼的冒險者。」

再說這不是推理，也沒有證據，只是胡亂猜測。

沒人知道疑似負債，企圖搞鬼的教官，和銀星號之間發生過的事。

換成據說身在王都的偵探，搞不好還會知道什麼，不過除此之外再無其他。

倘若在至高神名下使用「看破（Sense Lie）」的神蹟審問她，或許會被問罪。

可是——沒錯，可是。

女神官覺得不能讓她悶在心裡。

不能讓她背負著那樣的東西奔馳。

「然後，妳是銀星號。那女孩的公主殿下，這座競技場的……跑者。」

將這名彷彿只為了奔跑而生的女性。

保護、治癒、拯救，是自己的使命。

而她的使命——

「我認為妳該繼續奔跑。」

「…………」

跟女神官走上冒險者這條路一樣。

她選擇在這個地方奔馳，永不停歇。

銀星號胸口大幅度地起伏，緩緩深呼吸。

然後用四足敲擊地面，像是做好了什麼覺悟。

「知道了。」她說。「我會繼續跑下去。這樣就行了吧？」

「是的。」

女神官點頭。她覺得這樣就行。

銀星號的表情不再淡漠，眼中燃燒著火焰。

站上重要的戰場，跟自己與夥伴一起踏進小鬼巢穴、遺跡深處的時候一樣。

她即將與並肩奔馳的同伴們，共同面對千載難逢的關鍵比賽。

因此女神官為轉過身去，驕傲、英勇地走向馬場的銀星號祈禱勝利——

「啊。」她忽然大聲驚呼。

銀星號也下意識停下腳步，發出馬蹄聲。她回過頭，一臉困惑。

「還有什麼事嗎？」

「啊，沒有，那個……就是。」

女神官立刻羞紅了臉。她支吾其詞，思考著該說些什麼。

啊啊，這樣太不像樣了。呃，可是先講這個又沒意義。

她羞得不知所措，好不容易抬起頭。

「……可、可不可以也給我一個蹄鐵……？」

銀星號眨了下美麗的雙眸。

「……好啊。」她露出微笑。「我會附上最大的幸運送給妳。」

然後颯爽地邁步而出，朝著光輝燦爛的賽場。

女神官看著她的背影，深深吐氣，轉身小步跑走。

千萬不能錯過。早一分一秒也好，得盡快移動到觀眾席。

身後傳來讚頌英雄入場，迫不及待的歡呼聲，宛如遠方的雷鳴——

§

「你吃了不少苦頭的樣子。」

「是啊。」

密友之斧亭。被長槍手大聲嘲笑的重戰士，撐著臉頰咳聲嘆氣。

今晚，酒館也因為眾多醉客的關係熱鬧不已。不，或許比平常更加熱鬧。

畢竟身為招牌服務生之一的馬人女侍，今天的笑容格外燦爛。

馬蹄聲也很輕快，經過重戰士坐的圓桌前面時，甚至還對他拋媚眼。

看見重戰士甩了甩手，長槍手奸笑著調侃他。

「難道其實不全是誤會？」

「別這樣，我跟你不同……」

「我的可不是誤會。」

有什麼好得意的？重戰士撐著臉頰。

——不過，現在把門板翻過來，可是會跑出食屍鬼啊……

冒險者有時該勇敢踏進龍的洞窟，卻不會立於危牆之下。

——而且，嗯……

——女孩子心情好是最重要的。

那位馬人少女——馬玲姬引起的騷動相當棘手。

但最後得到了解決，四方世界誕生一場冒險。

「神明居於天上。四方世界的冒險無窮無盡。世間依舊和平。」

「喔，挺有教養的嘛。」

「這幾天我一直在看書，連冒險都沒去。」

長槍手愉悅地拿他被女騎士狠狠教訓過的狼狽樣配酒。

他也剛結束一場冒險，麥酒喝起來特別美味。

魔女和櫃檯小姐也在場就更好了，話雖如此，他並沒有瞧不起男人之間的酒宴的意思。

若要說他感到好奇的事，倒是有一件。

「那傢伙呢？」

長槍手拎起烤熟的燻肉扔進口中，問話的時候配這吃正好。

「看那個馬人女孩的反應，他已經回來了吧？」

「跟平常一樣。」

重戰士捏了撮鹽巴撒在用油煮過的馬鈴薯上，油和鹽無論何時都很美味。

「報告完就立刻回去了。」

「為什麼……這傢伙真冷淡。」

「一直以來都是這樣吧。」

重戰士笑道。他笑著舉起一隻手，呼喚服務生。輕快的馬蹄聲伴隨「來了——」的招呼聲傳來。

——按照慣例，請喝一杯酒是吧。

他下定決心，總有一天要揪著他的脖子把他抓到這裡。

「而且，那傢伙的冒險故事大概就是那樣。」

長槍手也聳了下肩膀，跟跑過來的馬人女侍加點一杯麥酒，咕噥道。

「剿滅哥布林。」

「我想也是。」

§

「有哥布林。」

「原來如此？」

「騎狗的。」

「惡魔犬對吧。數量有多少呢？」

「應該有一整個氏族。」

「還有其他的嗎？那個，除了哥布林以外。」

「我想想。」

「……」

「有魔法師。」

有什麼好笑的？哥布林殺手懷著這個疑惑結束報告。

他疑惑的是櫃檯小姐的反應。她的筆尖比平常更加輕盈、活潑地在羊皮紙上滑動。

坐在隔壁的職員神情錯愕，她也沒有發現。

哥布林殺手始終一如往常，緩慢、平淡地說出一字一句。

不過，事情並沒有複雜到那個地步。

銀星號——馬人公主來到水之都，成為競技場的跑者。

在城外被哥布林抓走。冒險者循著線索調查，除掉了哥布林。

然後救出銀星號。

對他來說，這就是這起事件的全部。

「太好了。」

「嗯。」

櫃檯小姐微笑著說道，哥布林殺手正經八百地點頭回應。

「被抓去當人質的女孩平安無事，值得慶幸。」

「我說的不是那個。」

不是那個意思。她刻意做出整理文件的動作，清了下嗓子。

「雖然一直在剿滅哥布林——」

——您最近看起來過得很開心。

哥布林殺手不太明白這句話的意思。

他離開冒險者公會，背對著搖來搖去的彈簧門，走在黃昏的街道上，依舊想不明白。

——開心嗎？

誰？當然是自己。

櫃檯小姐也笑咪咪的——而他同樣覺得這是件好事。

通往牧場的道路無論何時都長如千里，短如寸步。

這段距離，實在不夠讓遲鈍愚蠢的自己整理好思緒。

「啊，你回來了——!!」

因此，她會像這樣呼喚自己。

她似乎在把牛趕回牛舍——還是已經結束了？

整天都在揮汗工作的她，於夕陽下展露微笑，絲毫不見疲態。

她用力揮手，哥布林殺手點頭回應。

「對，回來了。」

他跟平常一樣，隔著牧場的圍欄與小步跑過來的她並肩而行。

兩人悠閒地走在路上，夕陽逐漸西斜，伸長的影子逃進了夜色中。

然而，也有與平常不同的事。

「唉唷唷……」

牧牛妹突發奇想，跳到圍欄上。

她不是小孩子。整個人站在上面，使她踉蹌了一下。

他迅速伸出手，想要扶住她，在那之前牧牛妹就站穩腳步。

「以前明明很容易的說。嘿嘿。」

牧牛妹靦腆地搔著臉頰，把圍欄的木樁當成踏腳石，踩著它前進。

哥布林殺手在旁邊抬頭看著比自己高上不少的她，一面前行。

——通通搞不清楚。

小時候自認為明白、自認做得到的事情，現在也一籌莫展。

人是會成長的————自己又成長了多少？

「怎麼樣？冒險順利嗎？」

「嗯。」

「是公主對吧？馬人的……她沒事吧？」

「嗯。」

「那就好。」

「是嗎？」

「對呀。」

「是嗎？」

牧牛妹於柵欄上大步行走，如同滑稽的小丑。

哥布林殺手突然想起雜物袋中的重量。

他沒有忘記，只是不知道該在什麼時候送給她。

——對付小鬼的時候，一直都是只要先發制人就行。

真令人頭痛。

「咦？」這時，她微微歪頭。「你有沒有聽見喀啷喀啷的聲音？」

「唔……」

他乖乖停下腳步，在牧牛妹的注視下把手伸進雜物袋裡摸索。

從中拿出的是——粗糙、散發淡淡銀光、沉甸甸的蹄鐵。

他將其遞給牧牛妹，牧牛妹接過後眨了下眼睛，仔細觀察蹄鐵。

翻到背面，上面用娟秀的字跡寫著銀星號三個字。沒聽過的名字，日期是前幾天。

唯有一件事，她可以確定。

「喔喔，好漂亮的蹄鐵。」

這是他送的土產，裡面蘊含他的心意。

「應該可以拿來驅邪。」

「謝謝你！」

回家後馬上掛起來吧。

她默默決定，踩上下一根木樁，往旁邊一看，他不在。

回過頭——他還站在昏暗的影子中。

她知道鐵盔底下的雙眸正看著自己，彷彿在窺探她的反應。

「有個問題。」

他喃喃說道。

「看起來開心嗎？」

「誰——？」

「我。」

牧牛妹沒有立即回答。

她再度輕輕跳了下，站到木樁上。

平衡感不如小時候。

——一定是因為長大了。

既難為情，又討厭，又高興。

她隨心所欲地輕輕擺動雙手，以維持平衡，開口詢問：

「開心嗎？」

「這個，」他說。「不太明白。」

「那……嘿咻……」

牧牛妹在摔下來前把身體拉回來——好不容易在圍欄上站穩。

「……最近有沒有發生什麼好事？」

「唔……」

哥布林殺手陷入沉思。

仔細一想還真不少。

在沙漠遭遇紅龍。

儘管發生了許多意外，迷宮探險競技應該算是圓滿落幕了。

如願去了北海。

成功救出馬人公主。

還有……

「團隊(Party)裡面，」他至今依然不太習慣說出這個詞。「不是有個地母神神官嗎？」

「嗯，那孩子對吧？」

「嗯。」

廉價的鐵盔上下搖晃，快斷掉的盔纓隨著晚風舞動。

「變得相當優秀，稱得上獨當一面的冒險者。」

和我不同。這句話，他沒說出口。

自己是哥布林殺手——那女孩卻以冒險者的身分踏踏實實地前進著。

就像這次的冒險。

「你……」

牧牛妹輕快地又跳過兩、三根木樁，轉過身，紅髮於空中飄揚。

「會寂寞嗎？」

「怎麼可能。」

哥布林殺手笑了。沒錯。他發出如同生鏽鉸鏈摩擦的聲音，笑了。

「再好不過。」

然後，他向前踏出一步。

後記

大家好，我是蝸牛くも。

哥布林殺手第十五集，大家還喜歡嗎？

這次草原出現了哥布林，所以是哥布林殺手剿滅哥布林的故事。

我寫得很努力，如果各位看得開心就太好了。

這次的故事參考了許多。

凱撒萬歲、賽馬、福爾摩斯。

最主要的是《交給冒險者處理吧！》。

我這輩子第一次接觸到的跑團書，就是這部作品。

救出被擄走的馬人公主的冒險者，為了送她回家而四處奔波。

部族的抗爭、暗殺者部隊、為愛爭執，諸如此類。

而《巫術》這部作品，讓我看見了俗氣的冒險故事，而非壯闊的英雄傳說。

ＴＲＰＧ則讓我體會到大家一起熱鬧地商量，一面出錯一面東奔西跑的過程。

與世界的命運無關，也跟出人頭地無關，卻是場大冒險。

從那之後，我經歷了數不清的冒險，真的很棒。

有時也會跟多元宇宙或三千世界的存亡扯上關係啦……

無論如何，四方世界的冒險無窮無盡！這僅僅是其中之一。

值得慶幸的是，《哥布林殺手ＴＰＲＧ》的補充包發售了。

都是多虧有各位的支持，希望各位也能在四方世界玩得愉快。

總之，這一集也在許多人的幫助下順利出版。

編輯部的各位、繪製插畫的神奈月老師、繪製漫畫版的黑瀨老師、出版通路書店的各位。

以及諸位友人和拿起本書的讀者。

真的十分感謝。

下一集王都會出現小鬼，預計是哥布林殺手剿滅哥布林的故事。

ROCK YOU！

除此之外，還有許多跟哥布林殺手有關的各種企劃，例如動畫二期等等。

我會拿出全力，好讓這些作品都能依序問世，還請多多關照。

那麼，再會。

哥布林殺手

GOBLIN SLAYER!

He does not let anyone roll the dice.

浮文字

GOBLIN SLAYER 哥布林殺手15

（原名：ゴブリンスレイヤー15）

著　者／蝸牛くも
封面插畫／神奈月昇
譯　者／Runoka
總　經　理／陳君平
美術總監／沙雲佩
國際版權／黃令歡、梁名儀
榮譽發行人／黃鎮隆
美術編輯／陳又荻
文字校對／施亞蒨
協　理／洪琇菁
執行編輯／曾鈺淳
內文排版／謝青秀
總　編　輯／呂尚燁
企劃宣傳／陳品萱

出　版／城邦文化事業股份有限公司　尖端出版
台北市中山區民生東路二段一四一號十樓
電話：（〇二）二五〇〇—七六〇〇
傳真：（〇二）二五〇〇—二六八三
E-mail: 7novels@mail2.spp.com.tw
發　行／英屬蓋曼群島商家庭傳媒股份有限公司城邦分公司　尖端出版
台北市中山區民生東路二段一四一號十樓
電話：（〇二）二五〇〇—七六〇〇（代表號）
傳真：（〇二）二五〇〇—一九七九
中彰投以北經銷／楨彥有限公司（含宜花東）
電話：（〇二）八九一九—三三六九
傳真：（〇二）八九一四—五五二四
雲嘉以南／智豐圖書有限公司
（嘉義公司）電話：（〇五）二三三—三八五二
傳真：（〇五）二三三—三八六三
（高雄公司）電話：（〇七）三七三—〇〇七九
傳真：（〇七）三七三—〇〇八七
香港經銷／一代匯集
香港九龍旺角塘尾道六十四號龍駒企業大廈十樓B&D室
電話：（八五二）二七八三—八一〇二
傳真：（八五二）二七八二—一五二九
新馬經銷／城邦（馬新）出版集團 Cite（M）Sdn. Bhd.
E-mail: cite@cite.com.my
法律顧問／王子文律師　元禾法律事務所
台北市羅斯福路三段三十七號十五樓
二〇二三年四月一版一刷

■中文版■

郵購注意事項：
1.填妥劃撥單資料：帳號：50003021戶名：英屬蓋曼群島商家庭傳媒(股)公司城邦分公司。2.通信欄內註明訂購書名與冊數。3.劃撥金額低於500元，請加附掛號郵資50元。如劃撥日起 10～14日，仍未收到書時，請洽劃撥組。劃撥專線TEL：(03)312-4212 ・ FAX：(03)322-4621。E-mail：marketing@spp.com.tw

國家圖書館出版品預行編目資料

GOBLIN SLAYER! 哥布林殺手 / 蝸牛くも作；Runoka 譯 .
-- 1 版 . -- 臺北市：城邦文化事業股份有限公司尖端
出版：英屬蓋曼群島商家庭傳媒股份有限公司城邦
分公司發行 , 2023.04-
冊；　公分
冊；　公分
譯自：ゴブリンスレイヤー
ISBN 978-626-356-409-1（第 15 冊：平裝）

861.57　　112001574

哥布林殺手

GOBLIN SLAYER!

He does not let anyone roll the dice.

哥布林殺手

GOBLIN SLAYER!

He does not let anyone roll the dice.